字母會 G系譜學

L'abécédaire de la littérature

G comme Généalogie

L'abécédaire de la littérature:
G comme Généalogie

目次

字母會 系譜學

楊凱麟

G

G如同「系譜學」

G comme Généalogie

文字如果未能迫出虛構的威力，其實什麼也未被寫出。這不是簡單的意味小說家本業說謊，或者小說等同於刁鑽與瑣碎化的「偽知識」，相反的，說謊與偽知識如果無有虛構，仍然僅是單純的說謊與偽知識，無關文學。

寫任何故事的同時也必然展示了如何書寫與如何虛構書寫，因為每一次書寫其實亦都是再次虛構書寫本身。當代小說因可以涉入任何題材而百無禁忌，因可以代入所有文類而疆界泯滅，但是這麼說的意思並非天真的「凡事皆可行」，相反的，小說裡總是隱含著使小說可能的獨特條件，不再有既成的範式與規則可循，每部小說都必須同時是小說自己的起源與誕生。無模仿、無典範、無師承、無理論與無形式，只有不斷尋覓差異的起源，以及此起源的衍異。其實文學已死，當代的每一篇小說都僅誕生在由自己所證成的條件上。

寫小說以便重覆追索小說的生死存亡，使小說甦醒在其差異的原點上，小說不斷以「差異於自身」的怪異方式誕生，這便是小說的幻術，其同時亦

使得每篇小說都具有系譜學的意涵：必須為自己的降生尋覓差異的答案，其同時亦是使得文學得以重複的稀罕條件。

小說家仍不免說故事，但每個故事其實都同時是一門重置小說意義的系譜學，是關於故事的故事且都企圖提出故事存有的不同起源。因為說故事者不僅各自講著不同故事，而且使說故事這件事因「起源的差異」而成為文學事件。

這是當代小說藉由系譜學所操作的魔界轉生，小說家藉由寫小說所一再改寫變奏的「物種源起」。作家在此首先流變為「非作家」，因為他尋覓差異的起源，意圖由文學的域外迫出文學，這是文學誕生的唯一條件，或者不如說，小說因原初的差異而再度重生。

小說誕生於自身的域外（文學裡的真正**故事與事件！**），說故事的人不僅更新各種故事橋段，更不斷抽換最核心的蕊：說故事的人與故事的關係成為小說中真正被述說的新故事。小說作者必須思考的比較不是小說的內容，

而是與小說書寫的關係，正是在此有文學的每一次更新與重生。小說家因而首先是一個系譜學者，小說書寫等於重新思考小說的起源與誕生，把小說重新「問題化」，確立起源的差異（小說家說：這是從根本上差異的全新故事吶！）。

透過起源的重置，系譜學同時意味對文學的價值重估，但較不是為了樹立一套新的典範取代舊的，而是為了邀請讀者再次感受、思考與信仰文學。文學誕生在因系譜學而一再被重置的起源上，並因差異而構成異質與另類的結盟。小說不死，因為它必然將誕生在自身的差異起源上。

字母會

童偉格

系譜學

G

系譜學

Généalogie

這些孩子們在自己的糞便中滾來滾去，糞便中的硝酸鹽使土地變得肥沃。他們要費大力氣去穿過洪水後長得非常茂密的大森林，在這種努力掙扎中須進行大量筋肉伸縮運動，這樣就讓他們的身體吸收大量的硝酸鹽。他們會不怕神，不怕父老，也不怕教師。所以他們一定長得身強體壯，直到他們長成了巨人。

——維柯，《新科學》

熊約了他，去看憨雞雞嫂剛出生的女兒，且慶賀雞家三口喬遷之喜。他去了，看見的都祝賀了，但就是沒有看到熊。回想起來，他們之所以成為朋友，沒什麼特殊理由：因為彼時，他們讀城裡同所高中同一班，而入學之初，三人座位相鄰。他家像是在地府，熊的家雖離高中近，但沒人想去；所以上學日，他們偶爾會翻牆，蹺掉下午課，搭公車出城，過橋，去憨雞家玩。

在河口沙洲末梢，憨雞母親擁有一幢兩層樓的舊公寓，裡頭塞滿同款

舊桌椅——憨雞說，是從前他爸開西餐廳留下的。憨雞則獨居公寓上方，一架頂樓加蓋的鐵皮屋，擁有一張歪歪的桌球桌。他們時常就在那鐵皮屋裡，就著憨雞母親插在鐵皮屋外，鎮日不跳電的念經機比賽桌球。那種梵唱節奏，和那張桌子，讓競賽顯得困難。幸好，他們都不在乎輸贏。

總是在殺時間殺到一個準確整點時，熊會突然背起書包就跑了。熊有要遵守的時間表，刻在大腦皺褶，或皮膚看不見那面。他和憨雞繼續賽球，直到黃昏，當屋外採砂場終於歇工，憨雞母親的念經機，不再是某種對噪音的神聖抵抗，而還原成單音拖磨時，他們就會停下比賽，打開窗，看河口落日，暈染那片全無植被的砂地。這時，就到了憨雞母親該下班返家的時候，他也該走了。

他和憨雞道別，下樓，看四周風沙。他回頭，上望那幢舊公寓，多年後才發覺，自己對那一切記憶頗深——包括那些開窗時刻，與那片河口落日；那似乎，總讓一切重複，閉鎖，堆藏，歪扭，對抗與返回，都再次獲贈

了某種，他不見得說得清的條理。

但說不定，在一個信息網絡裡，認得一名朋友的意思是：關於這名朋友，他所能記得的，多年以後，就是他惟能掌握的實像；而這些實像，某種程度構成了一部分的他。所以這些都是後來聽聞的，也是對他而言，過往惟一的真實跡軌。憨雞上大學，退伍，做了和母親一樣的銀行工作；結婚，和雞嫂照舊住母親樓上；雞嫂懷孕，持續在那梵唱樓屋內，與婆婆展開各自小宇宙噴發的種種鬥爭。

這就到了那個D-Day，一個下毛毛雨的週末，憨雞去辦公室加班對帳，憨雞母親例常出門會道友，留雞嫂一人在家，再三囑託她，一時半刻便會返回，有事就打手機。就在這空檔，雞嫂發覺是要生了，於是開始慢慢整理小行李。也不是非要默默自己去不行。也不是非要獨自提小行李，撐傘，挺著肚子走一段路，等公車去醫院不行。但雞嫂決定就都這麼做。雞嫂獨自跋涉進醫院待產，這才慢慢通知眾親族家屬。

雞嫂的沉靜，挫敗了無言的婆婆。

所以憨雞終於離開沙洲上的母親，和妻女一同搬到新市鎮定居了。

祝賀完畢，憨雞跟他下樓，他們站馬路邊抽菸。

沉默一會，「怎麼說呢，」憨雞踩熄菸蒂：「我覺得人生比較完整了。」

「可不是嗎。」他說。其實，他可能並不完全理解憨雞的意思；也其實不太確定自己這麼回答，有什麼意思。他看斜上方，太陽快要掉下來了，那底下便是海。他檢查手機，熊依然沒消沒息。似乎不好再打電話，因好像其實也無妨。因多年朋友，他也說不上來，熊失的這個約，或熊失約這事本身，算是要緊不要緊。

新市鎮，遍地樓屋零落，只有全區馬路，像是全都鋪好了。馬路寬平，很嚴格相互平行或垂直，把四野蔓草荒原，一塊塊畫分得極方正。天尚未完全暗下，但一瞬間，視野所及所有路燈，同時全都放亮了。他望見一個格外明晰的，由無限前延與交錯路線所網羅的，棋盤狀的黑夜。夜暗中漂浮著螢

光路牌，指示一些尚不存在的，未來的居所。黑夜上面，是一片他猜想絕無深義的慘白；再上面，是紅得有點假的晚霞；再更上面，遠方，看不見的海彎折、拱起，將海的灰藍澆灌天底。

一時，所有光度皆穩穩澱沉，像將永遠這麼囧。

步步前行，終於親臨最底時，他才發現光度裡的一切，皆比自己預想的熱鬧。特別，是在海風與海風間隙，當聲音消失，露與霧的煙塵皆一時靜止，他就像側身同行者間，總會聞見身旁，從路肩外廢爛地底，所細細長起的，人高的氣息。這氣味他自小熟悉，卻總不知如何向人形容。

某種生動活絡的，但也可能，僅是某種敗死與腐朽的剩餘。

廚餘的味道。

是比方說，在童年某些秋夜，曾和玩伴一起提燈籠，或提插著蠟燭的奶粉罐夜遊，闖進草澤或菜田，見過碩大圓月，將並不寬闊的家園，冷熨成無垠的銀色世界，聽過夜鴞在這樣人世裡悲鳴。曾在一村之人皆酣眠的盛夏

午後，一人穿短褲汗衫，赤腳走在炙燙的石頭路上，看見凡蔭涼處皆擁擠生息，如那串蓮霧正壓沉果樹，熟透了，被忘卻了，兀自在虛空中爆漿。

曾經歷過那些，然後再無法重歷那些。

然後，總在像這樣的白夜，一個人立即就能理解這種來自壤土的氣味。他只能停下腳步，蹲在路邊，重看光影最底的，這樣的荒原。想著也許，那樣的氣味亦只能是由衷的吐息——像他們，像一切不可能真的保密的常人，倘若他的嘴唇不發一語，指尖和髮梢也都無時不在說話；洩密之舉，會在所有毛細孔找到出口。而那些荒地，也只是在以各自方式，靜靜發散各自深懷的信息。

大概，就是這樣的一種沉默。

他們辯論各種事理，在憨雞老家那鐵皮屋裡。他們說，在這爆破一切學術，又將一切艱難重組起的世界，有人仍以為，相隔難明時間，話語與話語的呼應，或信息重複，證成了神靈的永存。但在他們看來，情況正好相反：

在這個滿溢重複信息，得由一代代人重新自我學習，與重新收拾的人間，只證明了神靈的永不在場。

原因很簡單：做為駑鈍至極的人類，他們常常都不是很能忍受人生中很多場景，強迫症式地重複了，所以，他們無法想像會有一個全宇宙的神，會這麼令人同情地一直在場，始終不眠，觀看全人類加總的全部人生裡，所有強迫症式的場景重複。

祂會被大家給逼瘋的。

但也可能，祂有自己獨特的嗜好和性格，不是螻蟻般的他們，能妄猜和全解的。所以，祂可能覺得自己就一直坐在那之上，慢慢觀賞沒關係。這他們只能尊重——尊重，並避免對祂心生憐憫。

「對的，」那時他說：「因為那種位階關係的憐憫，是最低的猥瑣。」

他們好像達成共識了。他們較能理解彼此，而憨雞自覺自己對他們而言，像意外落在旁邊的人——在類似那樣的辯論裡，他往往默默旁聽，很勉

強，才能跟上邏輯。他們詢問憨雞，關於自出生起即茹素的感覺，關於母親信奉教派的儀禮和教義，種種細節，用一種，不能說不形同俯瞰怪誕事物的神情。憨雞也不知道，自己的回答，竟能讓他們辯論起那許多，像他們也都曾親身經歷過一樣。

其實無妨，他們都是聰明人；而自出生伊始，光是常常要和聰明人相處，就已讓憨雞，對他們的斷言充滿耐心了。

有時，當憨雞下樓去找點吃的喝的，拿上來，熊就不見了。熊剛還握著的球拍，就擱在桌上，除此，一切原樣。這樣突兀的消失，總給憨雞一種像看卡通的感覺。

熊父母都是老師，母親在小學，父親在大學。十數年來，憨雞常想起熊說過的一件事。是在熊出生半年多，生命第一個暑假，熊的父親通過申請，將出國進修。他們遷出父親大學宿舍，搬到母親任教小學旁，一處租所裡。那在同一條馬路：午後，手推車往返幾趟，就算重新安居了。彼時的熊很輕，

很小，時常酣睡，等於不存在。新學期開始，遠近各自上課，每堂下課，母親皆跑回來看他，像逃學的孩子。像彼時母親真的相信，只有在她推開房門，望見熊時，熊才會再次存在。

憨雞喜歡這故事，每一想起，總像能聽見聲息近遠，嬰兒獨自躺著，安靜等待固定時刻，鐘聲召還母親；也早從那時起，就被判要終身熱盼與矜惜時間。喜歡回想這事，其實也因知道自己與朋友間，種種細節上，可由他在記憶裡反覆查證的異同，某種程度，維繫了自己仍身而為人的事實。

所以，這當然亦是多年後的事了——當他能像個特效師，將這故事場景定格，反覆修改。例如，取消父親歸國的機票，不，乾脆抹消父親此人。將住所裡外反摺，驅逐一時空曠，讓擁擠亙古填進來。在家具山谷中央，坐著母親，她像永遠都在那；她的每種情緒都不連貫。依循她的視線，人們會見到一名真正駑鈍的孩子。孩子讀書，讀了近二十年，但文字始終對他構成障礙，他常將一個詞誤判成另一個詞，例如：將「服從」看成「衣服」；將「恍

惚」認作「慌張」；將「瘟神」解為「溫柔」。他就是這樣，將一切話語，都譯作自己的垃圾詩。很後來——到他差不多能完整讀正確一篇文章時——他才徒然理解，說不定，那才是每個人，每天在做的事。

學每樣事，對他而言都辛苦，但他喜歡練桌球。他可以預測桌球的軌跡，但又不可能完全猜中軌跡。這兩件事，同步發生在極窄視見裡，極快，在你認看時，你全身已做出回應了。甚至都來不及想，他喜歡這種專注。他辛苦練球，意外成為全國最會打桌球的國中生。應屆「體優生」之一，保送入學：一所高中；一所高職。母親說：你念那高中。可是那高中沒有桌球校隊。可那是全國最好的高中。

那就是說，不能再練桌球了。

不只桌腳桌框，球桌連網架都鬆垮了，就這樣吧，在那上面打球，沒什麼需要心神凝聚，因為沒有可能。他拿著刀板，站在一旁，看兩位朋友邊追球邊辯論，很忙的樣子。他突然就放空了，像在課堂上，想著那些俐落跡

軌，那多麼艱難：如何向他們說明，就一張經過精確校準、精神奕奕的球桌，和實力相當的對手打球，是什麼感覺。多麼「美麗」，那些重複的回應。

恍恍惚惚，十數年後，憨雞與他看見空屋許多。出電梯，左右各一鐵門，鐵門推入，各再分兩戶。熊就站在那枝椏分岔的動線上。開初，熊與妻住靠馬路那邊。妻懷孕，買下隔壁，夫妻搬過去，租金償貸款——到這裡，憨雞已不確定他聽不聽得懂。兒子出生，長很快，額頭有自己抓傷，追著妻手中香蕉跑，或自坐暗處玩。朋友相聚，話題比較慢，仍停駐馬路對面殯儀館。熊妻善應對，說是專要等成為釘子戶，等建商來談判。笑語比較容易些。

熊送朋友下樓。那時，也像這樣，他們站路邊偷抽菸。他們看雨平敷一夜，殯儀館門口跑馬燈，預告明日期程：時刻，人名，廳所；行行均速流。

那時，憨雞就覺得，沒什麼需要再多做說明了。

在新市鎮，憨雞看他背海而行，看了一會，轉身上樓。

憨雞在想，晚上該吃什麼，以及明天早餐，中餐，以及晚餐。憨雞像

將新市鎮內賣場與商店的位址都想完整了，像將一切銘記鼻腔，想著會要多久，在固定節日，他與妻與女兒回去家具山谷，探望母親。

母親聞見風火，張望過來，像看見從很遙遠地方來的異邦人。

「在這世上沒有任何人，會比一個十四歲的女孩，更快、更敏銳地注意到自己父親的哪句話是謊言。」書上讀到這話，熊想著應該告訴憨雞；不，或者還是告訴他。

兒子首次打電話給熊，在熊對面，用玩具模型。熊猜想是個複雜故事，也驚奇兒子已能無礙，假設他們分隔兩地。兒時，無聊午後，熊也曾亂打電話，胡亂跟陌生人說話，卻從未如書裡讀到那孩子一樣，通告對方：電話公司正在修線路，所以一小時內電話若再響，千萬別接，否則修線工人會電死。掛斷電話，孩子靜候很深邃的三分鐘，然後回撥。這名孩子後來，成為專為死刑犯辯護的律師。熊有更多資訊，慶幸尚無法翻譯給兒子，也高興有這樣一段童蒙，他尚聽不懂兒子在說啥。兒子聊完，他抱抱他，臉貼他額頭；病

像是無礙了。

熊走到陽臺，背過殯儀館，一個街區的營生正在收拾，後巷排水溝，蒸騰腐肉氣味。熊想，他應該回到書桌前了。他大概仍在寫那本手記，寫給他的孩子。他寫道，人生過往十年，他固定從事的活動，就是去看朋友的新生兒。那有時是在朋友家，有時，在坐月子中心。後者比較嚇人，主要因為那裡常出現一條，彷彿只在科幻電影，或水族館裡才會出現的透明甬道。當他們魚貫走入，就會看見一側玻璃牆外，一間大密室裡，好多他類後裔，一一被包裹成蠶繭，軍隊列陣般，整整齊齊遍灑開去。這時，這位時常尚無自己名字，只能以父母姓名標示的後裔，就連著小床，由一位穿粉色系隔離衣的醫護推著，推到他們面前，供他們就近觀賞。

這時，他類中所有成年人，都站著，笑著，揮著手；所有稚幼後裔，則全都躺著，睡著，或認真啼哭著。他置身對比中，無法不察覺兩造的迢遙距離，而所有那些遠遠較晚成的情感，會顯得疑似不過是人工的創造。

那亦常使他錯覺自己，好像已做完人生中所有事了那般疲累。

人生裡一個十年，他總在逛嬰兒用品店，挑選合適禮物。挑選對他而言之所以可能，只因他對將見面的嬰兒一無所知。他帶著禮物，來到她或他左近，盼望當禮物放在禮物堆裡時，不會顯得辨識度太高，於是在他離去後，持續發散某種突兀且不祥的氣味——曾擇選、攜帶它走過一些街巷的人，很明顯，是個孤單而局促之人。

像當人們闖入一名往者的房間時，會不由得對往者的遺物，所發出的感懷。

「遺物」是言重了。但確實，某種意義，這類攜帶禮物的初次造訪，對他而言，亦是某種永別的起始。原因亦很簡單：他是個生長時序全然錯亂的人。像他這樣的人，很難與他們父母，保持持恆友誼。在個人簡陋的人生經歷中，他極度缺乏能與他們父母長期共享與閒話的家常，特別，是在從此開始，父母即將全心與之搏鬥的育嬰期裡。

於是，與她或他的初次見面，時常果真，就是他們彼此最後一次相遇了。

有時，隔著玻璃牆，或太過近切地貼在小床邊，對她或他微笑時，他獨自在心中記掛此事，想著另外一些，他畢竟並未見證他們將如何使用話語的孩子們。他且也，就只能像所有曾誤讀過弗洛依德的成年人那樣，悄然地，有禮地，退遠到她或他尚未成形之視角的最邊陲。

因為真的，你不會希望自己，比方說，像《狼人》裡那些早退的成年人一樣，一不小心，在某個朦朧的原初場景裡，竟然就成為壓毀這位——無人知曉她或他的永久記憶能力已經啟動了的——新生兒一生的那個人。

這是他在他類之中的預擬位置：他可能，是許多人漫長人生裡的一個模糊影子，模糊到連他私自的提前永別，可能都根本像是沒發生過。她或他看不見他，亦無從記憶他，除非，她或他能暫留最初記憶，反覆檢查，用很長、很利的探針刺探進去，才能勾勒出像他這樣一個，曾莫名被他們，或只是被他們所牽動的過往世界，給震懾成化石的大叔。

就像是，非常遙遠那天，父親帶他去兒童樂園。放眼望去，所有設施皆使他困惑：它們總是離心力、重力加速度或撞擊；他不理解，重複放置自己，在既證物理規則裡，是要實驗什麼。靜夜星空比較吸引他。父親以為他膽小，憂慮起未知將來，執意領他，旋轉咖啡杯、碰碰車到雲霄飛車等，一一試煉過。在鬼屋入口，父親說要示範，指不遠出口說：「等下我走出來，你就知道一點都不可怕。」

父親說完走開。父親的話難解，候見時，他感到無比害怕。

害怕到那座鬼屋包圍他，成為一生僅見。

字母會 系譜學

黃崇凱

G

Généalogie

系譜學

我爸常說，要不是為了你，我早就出國讀書了。這話在我聽來不過是藉口。很多人看到我們，並不覺得他是我爸，頂多是年紀有點差距的兄長，或者小叔叔、小舅舅之類的。也許因為我們相處時間不多，互動起來像親戚而不是父子。他今年三十六，博士還沒到手，我今年十八，準備上大學。

我問過阿媽，當年怎麼肯讓我生下來。她嘴角翹起，「啊不然哩，反正你母當初攏著休學，村內誰不知道是你那箍阿爸。」她說，「要不是你出生，我還一直當你爸囝仔，整天只知道打籃球、看尪仔冊。」我爸那時才讀高二，他宣稱除了半夜會起來偷看解碼臺色情片以外，其實功課不錯，有禮貌，確實沒什麼不良嗜好，我阿公阿媽從不擔心。我媽說，都怪那年暑假太熱，沒輔導課的日子關在冷氣房裡什麼都不想幹。結果不小心就有了我。

等我日漸長到他們當年懷了我的年紀，我還是沒法理解父母的決定。我爸的高中同學吳大每次見到我，總要揉揉我的臉頰，就算我讀到高中，照揉不誤。吳大回憶當年我爸媽在班上引起的騷動：你知道，我們鄉下地方，

隨便牽都親戚，你爸媽雖然是青梅竹馬，突然說要生小孩，我們同學有多震撼啊。本來你媽還想挺著大肚子繼續到學校上課，你外公外婆覺得實在太丟臉太難看，勸她休學，生完小孩坐完月子再回去讀完高三。你媽那時候超兇，說我光明正大，沒有做不對的事，大家不都人生父母養，憑什麼我不能上學。你外公就你媽這個獨生女，寶貝得不得了，從不捨得動手，第一次打耳光就是為了你。那陣子你爸在學校也不好過，天天都要去輔導室報到，說什麼做諮商接受矯正，但他功課還是全班前三名啊，除了搞大你媽的肚子，完全就是模範生，要找人參加校外的英文演講比賽還不是找他出場。當然我們那時候都還小嘛，有時候開玩笑比較過分，有同學故意說你爸「能幹」，他就氣到踢破垃圾桶，好幾次差點跟人打起來。你媽懷孕那年我們升高三，正要拚大學聯考，教室黑板上每天更新倒數天數，你內外公媽一致決定要你爸住校，專心準備考試，免得兩人太常見面，可能影響心情。那時候聯考不像你們現在，隨便考都有學校讀，況且你爸算是我們那一屆社會組的希望，學

校老師都覺得他可以考上前段的國立大學，提高學校升學率。其實你媽成績也還可以，以前在我們班差不多是十幾名的水準。說起來，我還是覺得你媽為你犧牲比較大啦，不僅休學一年，懷孕變胖十多公斤，難怪她總要虧你爸「爽到你，艱苦到我啦」。

我爸考完聯考的七月下旬，我出生了。我爸說，看到我媽肚子消了，看到臉皺皺像隻小猴子的我揮動四肢、哭喊起來，才感知到一切都是真的。我媽說她永遠記得產後第一次看到我爸的表情，好像剛剛犯下什麼滔天大錯，病房簡直監獄會客室似的。也不想想我生小孩痛到快往生，還被剪會陰，後來傷口又裂開，真的很想死。我爸做夢也沒想過自己十八歲就當了爸爸。八月父親節放榜，我爸應屆考上師大歷史系，符合人家愛說的「娶某前，生子後」的大好運勢。趁著九月我爸上臺北讀書前，他們在家鄉辦完婚宴，正式登記成婚，過起兩地分隔的生活。而我呢，平日由內外公媽輪流照料，就連喝奶都不一定能趴在我媽胸前——她每日上學前、放學後擠奶存放冰箱，要

全心應付高三的課業。那一年我多半睡在阿公阿媽或外公外婆的房內，我爸每月回家一趟看我。據說他的大學同學多半直到他畢業都不曉得他已婚還有個兒子。

我大概只能回溯到六歲上幼稚園時候的記憶。那時我隱約知道自己跟其他同學一樣都有爸爸媽媽，可是接送我的是更老一點的兩組阿公阿媽。平均每個月會見到爸爸或媽媽一次，他們有時各自來，有時一起出現。到上小學的時候，我已經不會困惑為什麼別人家都是爸媽來家長日，只有我是阿公阿媽出席。那時阿公阿媽皆不滿五十，都算年輕，四個大人應付我一個小孩不難。也因為我的關係，他們四人常常做伴拎上我出遊，開車到關仔嶺洗溫泉、吃鋼管雞，或者搭著村裡宮廟的進香團遊覽車，四處走走看看。他們的小孩只有三個，我大伯、我爸和我媽，都出外讀書、工作不常回家，我像是兩對祖父母合力認養的棄兒。我爸媽在我整個成長階段，幾乎像是住在電話聽筒的另一端，每晚匯報我的一天給他們知悉，聽他們重複幾套制式回答。

我在五年級的時候跟爸媽在臺北住過一年。那時轉學到師大附近的古亭國小，只記得人好多，車子好多，覺得學校好擠，學校外面更擠。早上爸爸帶我出門搭捷運，我總是緊緊握著他的手，不敢放開，怕被沖散在洶湧的通勤人潮中，找不到他。爸爸送我到校門口，揮揮手，就往大學圖書館去了。下午放學，走出校門口就會看到爸爸靠在圍牆邊捧著書，他會帶我到學校周邊的二手書店轉轉，在外吃完晚飯，再搭捷運，走一段曲折巷弄回到新店的家。媽媽大學畢業的時候已經二十五歲，打工經驗豐富，正職工作卻做不久。我在臺北那年，她白天在速食店站櫃檯，晚上到公職補習班聽課。爸爸有幾次帶我到媽媽的櫃檯點單，故意裝成普通顧客，點餐時吩咐可樂要去冰微糖，我媽就會白他一眼，笑著叫他滾啦去別家。但我們套餐的薯條總是比較滿，也會多兩包雞塊。那一年變成我每晚打電話給兩組阿公阿媽報告一天的生活。其實我沒交到什麼朋友，卻還是騙他們有認識要好的同學，還到同學家做客。但事實上，爸爸雖然會出席學校日，卻好像也跟其他家長沒什

麼話說。那一年跟他們生活，我明顯感覺爸媽的婚姻可能快完蛋了。先前寒暑假到臺北跟他們住的時候，時常目睹他們突然吵起架來，我搞不懂原因，其中一個爆發，另一個可能就甩門出去或關起房門。要不就是一方激動講一講，另一方當空氣，自顧自地看電視、吃零食。我五年級那年，只要他們準備吵架，通常就吩咐我待在堆滿書、連轉身都有點困難的書房，等著他們誰叫我出來。有次我等了一小時，沒聽到外面的動靜，出來發現他們都不在家。我弄了泡麵吃，很害怕他們誰突然回來。所以五年級讀完，轉回老家的國小，我覺得好輕鬆，終於不用憋在那個小小的家。

我記得媽媽那時跟我說，對不起喔，爸爸媽媽覺得還是讓你回鄉下比較好。要聽阿公阿媽的話喔。回到原本熟悉的學校，同學、空氣和光線都讓我自在，空間寬敞許多，大家走路也沒那麼快，不用好像必須在什麼時間趕到哪裡去。我樂得整天晃來盪去，賴在外公外婆的早餐店吃很久的早餐直到中午，跟阿公在廟口混，看他們下棋、泡茶。有時自己待在家，隨意瀏覽爸

爸寄回家堆得高高的紙箱裡的書。我就這麼度過小學最後一年的時光。上國中，我變成爸媽的小學弟，進了他們當年就讀的私立中學國中部，開始感受到升學壓力。差不多那時候開始，每晚的親子電話要分成兩通講，爸媽一起回來看我的次數也變少了。我幾年後才知道，我媽在大學時交過男友，我爸在博士班時期也出軌過，他們都在探索人生的其他可能，假設自己若是沒結婚沒生小孩，就跟普通的大學生一樣，玩社團、談戀愛、打工，跟同學騎摩托車環島。可是沒辦法，再怎麼假裝自己是單身未婚，最後依然敵不過我的真實存在。

我媽說大概在我讀國三的時候，就跟我爸簽好離婚協議，隔了一年才跟我坦白。更早一點，在我讀六年級、國一那陣子，她跟我爸漸行漸遠，兩個人不大說話。她不理解我爸為什麼成天埋頭在書堆，做那些死人骨頭研究，就連看電影都要看那些沉悶無聊的藝術片。有次不小心睡死，散場時被清場的員工叫醒，出來打電話才知道我爸早就自顧自回家了。我媽覺得我爸

一點不體諒她，白天工作累，下班總想看點能放鬆的電影，但我爸回她，妳超放鬆啊睡得超死的。據說後來我爸常找搞曖昧的學妹去看難懂的電影，看到發生感情，要不是被我媽看到手機簡訊，兩人不知道還會持續多久。他們的心態我不大能理解，如果當時那麼痛苦，為什麼不早點分手？雙方都說為了我想要試著撐下去，這樣逼我變成藉口，實在很討厭。

想到我爸媽，有時會懷疑起自己是不是太乖巧了，沒製造點麻煩給他們，讓他們煩惱，好像沒我這個小孩沒差似的。想歸想，要蹺課嘛，這鄉下學校周圍都是田，附近村子到市區的公車一小時只有一班，我要是想蹺課種田，不如回去找阿公。要使壞嘛，故意考試考得很爛，還是乾脆交個女朋友？或者更刺激一點，交個男朋友？不如穿女裝到學校嚇嚇大家算了。我跟小如說起這些想法，她勸我別做這些沒意義的事，不管我怎樣，大人都一樣，不會因為我而改變的。我想她的意見很值得參考，畢竟她媽媽在她小三的時候就跑回越南了。小如總給我堅韌的感覺，帶點蚵仔的淡淡腥味。也許因為我

四處閒晃的時候，她都跟幾個戴碎花布斗笠的阿婆（其中一個是她阿媽），在家旁邊的矮竹棚，一手戴手套、一手拿著開蚵刀幫忙開蚵仔（據她表示一日開十斤蚵仔涼勢仔涼勢）。小學同學有幾個男生喜歡鬧她，看到她老是喜歡笑她身上的味道，笑她媽媽討客兄跟人跑了，她從來只是擡頭睜著大大圓圓的眼睛回瞪那些傢伙，一句不吭，繼續做手上的活。讀我國小隔壁班的小如，成績好得誇張，毫不意外以第一名縣長獎畢業，升上國中才跟我同班。起初我以為她很冷很傲，後來因為同村坐校車加上同班隔壁桌的關係，常常要交換改考卷，逐漸熟起來。

國二那年的三月下旬，我放學回家，一進門就看到我爸坐在客廳，臉上有些擦傷痕跡，神情有點疲憊。他起身，要我過去。他一把抱住我，接著我感覺到他的身體微微發抖，好像在哭。我覺得彆扭又尷尬，不知該說什麼。阿公下樓看見我們，說了一句：「以後毋通做憨代誌，沒想父母，也要帶念恁後生。知沒。」阿公搖搖頭，嘆氣，出了門。電視一直開著，聽來都是報

導學生、民眾占領立法院的新聞。爸爸這回待在家長達兩星期，我有點不習慣每天見到他。尤其他常常會問起我的功課，翻看我的課本和參考書，我只好想辦法找出一些問題請他教我。我爸對歷史課本特別有意見，離開北上前還給我幾本書，要我有空自己看，不懂就打電話或寫訊息問他。但我對那些書興趣不大，隨手翻翻就丟在一旁，反正考試不考，應付得過去就好。那年夏天，我爸辦了休學，中斷博士班學業入伍當兵。他第一次懇親會面那天，我大伯跟我媽各開一輛轎車，載上我兩組阿公阿媽到成功嶺新訓中心。我爸理了個大平頭，曬得黝黑，穿著墨綠軍服來見。我問他感覺怎樣，他說，就像每天課表只有軍訓課和體能訓練，其他時間都在打掃環境。兩個阿媽準備了不少食物，包括一隻烤雞。我們在家屬會面的營房區塊附近找到樹蔭，鋪上野餐塑膠布，擺好食物、飲料和免洗餐具。我聽著大伯在問我爸是幾梯的，也聽兩個阿公在說起年輕時候當兵的往事，討論到之前熱衰竭過世的義務役士官。我爸說，反正當兵就是把自己當狗，不用想太多。而且他是替代役，

撐過新訓應該就會比較好了。我注意到他跟我媽的互動有些冷淡，兩人沒怎麼說話。回程路上，換了便服的我爸坐在大伯開的那輛，換我坐到我媽車上的助手席。

那天晚上，我媽回娘家睡自己的房間，我爸來跟我擠一張床。我終於鼓起勇氣問他跟媽媽是怎麼回事。他側過身躺著，只說在冷戰，過一陣子就沒事了。隔天我爸媽開車帶我到市區看電影、逛街。他們看上去算正常，我媽還笑我爸受廣告蠱惑，居然真的當兵一放假就跑來吃肯德基炸雞。那天我看著他們兩人在電動遊樂場蹦蹦跳跳玩磁浮飛盤的身影，對我很遙遠的三十出頭，其實還算年輕吧，許多這個年紀的人甚至都還沒結婚呢（例如我大伯）。奇怪的是那當下，我第一次想問他們是否後悔生下我。

我爸去了臺東的國中服替代役，我媽大約在那時交了男朋友，正在一點一點地搬離新店的家。當我跟小如轉述家庭瑣事的時候，她打斷我，欸你覺得你爸媽他們有比我們早嗎？我回不曉得。不過我們的安全措施應該做得

比他們要好。小如的成績維持高標，整個國中三年都是前三名，所以大家對她選擇直升高中部有點訝異，畢竟另外兩個都打算出去考基測拚外縣市的明星高中。她跟我說，要是出外讀高中，家裡只剩她阿媽跟爸爸，倒不如留下來，多陪他們三年。不然以後也是得去讀外面的大學。我贊同她說的，也留下來直升高中部。我本來就沒想要出去考高中，但小如似乎滿開心看到我留下來陪她。大概有三分之一的國中部畢業生繼續就讀高中部，我們村裡依然就小如跟我兩個高中生。升高中的夏天，我照例去了趟臺北，住在爸爸那裡幾天，照慣例跟他逛書店、泡圖書館、坐咖啡屋，看了場暑假強檔片；換到媽媽那裡住幾天，白天她去工作，晚上她回來下廚做些簡單的飯菜，配著她在追的韓劇看。有次我跟小如講完電話，我媽問我是不是在跟小如交往。我搖搖手說沒有，小時候根本沒說過幾句話，國中同班後才變熟。我媽感嘆，小如就是注定沒有媽媽陪她成長，你不知道她媽媽多漂亮，皮膚比我還白，聽說也是越南的大學畢業生，好像被仲介騙，嫁給只有國中畢業的討海人，

而且是來我們那個鳥不啦嘰的小漁村，是我也一定會逃走。

小如說要幫我過生日的下午，我到她家，滿室幽靜，她爸不在，她阿媽在午睡，她拉著我的手進到她房間。冷氣隔離外頭的暑氣，電腦喇叭放出A-Lin的歌聲，書桌上擺了便利商店買來的小蛋糕，插著細細的粉色蠟燭，旁邊有塊打開的蚵仔殼，裸著一隻肥碩的蚵仔，盤邊擱了片檸檬。她說我關燈囉。只剩小小的燭光隨冷氣微微晃動。她關掉喇叭，輕聲快速地唱完祝你生日快樂，要我吹蠟燭。燈開，她笑嘻嘻遞給我蚵仔殼，淋了幾滴檸檬汁，要我吃掉。她說看旅遊節目的外國人都這樣吃。她打開喇叭，A-Lin繼續唱著，音量調低，變成淡淡的背景音樂。我們原先並排坐在床沿，不知不覺變成躺在一起，然後發生了一切。

小如叮嚀：「我們絕對要小心，千萬不能像你爸媽那樣，不然就毀了。」我家大人太多，沒什麼私人空間，所以由她負責購買、保管和處理保險套，以策安全。可是自從嘗過那滋味，我每天都想做，想得腦子都快融化了。小

如倒很理性，從網路收集一堆資料，就連安全期也知道怎麼計算，嚴格規定每個月兩次。如果我段考有進前五名，可以額外加一次。後來我的成績一直不錯，雖然比不上小如的前三名，至少也都在五至八名之間。就這樣，我們表面過著普通高中生的生活，私下卻不斷索取成為大人的歡樂。

高中畢業的時候，我問小如接下來會怎樣。她嘆了口氣。停了幾秒鐘才開口，你之前說你阿公阿媽二十幾歲生你爸，你爸媽十八歲生你，要是我們也十八歲生小孩，你覺得接下來會怎樣？——我要是懷孕，一定會拿掉小孩。而且我絕對不會告訴你。

我第一次覺得，似乎有點懂我爸媽了。

字母會

系譜學

顏忠賢

系譜學

Généalogie

G

「我的夢中竟然出現一個全身充滿刺青的自己……」她充滿恐懼地跟她妹妹說。

「彷彿是老朋友的我們本來只是有一搭沒一搭地敘舊，假裝什麼事都沒有但是卻又心事重重地微笑從容，好久沒見而有種忐忑又懷念，人生出過太多麻煩又逃離許久之後才回來竟然就在那裡遇到了的不可思議地扼腕嘆息，最後，就只好晾曬在那個角落，一起在等待著什麼但是卻一直等待不到的空蕩蕩……

就這樣地攀談到四下光影變幻成更深黝黑地晦暗，那種幽微本來還迷離詩意地有種古怪地浮現晃然的開心，近乎混亂的不明樂觀。但是，更後來，彷彿有了什麼更奇怪的內在又內化的餘震般地變化出現……她指著身上的刺青緩慢地說出了一句我聽不懂的話：『我的害蟲被召喚出來。』

好奇怪，那句話正令我納悶時，突然所有那地方每一個最險惡的死角及其機關都被啟動，轟然而急劇地切換了所有場景深陷的古怪切割點。更後

來，死角的她更被放入了末端的龐大等身蓄水池中，兩眼仍然眼睜睜地張開但是卻全身昏迷而怪異地縮在一起，在兩個巨型玻璃圓燒杯實驗室規格的浸泡福馬林液體泛黃懸浮不明漂浮細斑的倒影前，光暈愈來愈晦暗而詭異，不知為何會困在那裡的我，還那樣地逼近而親眼看到……她全身刺青的肉身正以某種怪異的扭曲在緩慢地萎縮，而那個納悶的我雖然看得很清晰心中卻完全沒有想挽救她。」

一身刺青的她妹妹永遠就像一場惡夢……對她而言，對小時候老被欺負的她而言……

刺青，一如她妹妹……她覺得自己始終充滿了誤解。

就像某種對真實的想像的脆弱召喚，也可能只是怪異人生的某一個切片，困在裡頭的不知道的某一個牽強的原因，在某一個奇怪的時候，在某一個奇怪的地方……

但是，她妹妹，卻就像是她想像的遠方，想像的未來，想像的遙遠不可及的幻覺，甚至到這麼多年後還是沒有辦法解釋……始終比她擁有更複雜也更華麗的什麼。

遠超過姊姊美貌聰明的這個孿生妹妹只小她一點點，但是，從小她妹妹總是更好強也更尖銳……因而她妹妹的所有人生都比她來得早，長牙，發疹子，來經，青春期的叛逆，都比她先開始，用一種她也不瞭解的狀態先進入和先逃離。

但是她妹妹卻因此也使她有種更內在也更歪斜的拉扯童年的聯繫……

或許因為從小她們的媽媽太神經質而逼到兩個姊妹也雷同地神經兮兮，也或許因為從小爸爸和親戚們都太疼她妹妹，使她的嫉妒，變成了揮之不去的惡夢，甚至要到更久的人生之後……才勉強開始可以不太那麼歪斜地拉扯。

她妹妹老是說，她也不知道她還能活多久，或也不確定她是什麼樣的

人……

或許，這一生的她妹妹永遠比她野生，或許是比她敢而勇敢……更天真也更世故，因為從小她妹妹就有一群更凶神惡煞般的壞朋友。在學校，沒人敢招惹，小太妹般地肆虐，蹺課，蹺家，轉學好幾次。她妹妹再長大一點，就更常常晚上不回家，到處混夜店混鬼朋友家，就像是人生被植入了某種抗拒。那是某種多年之後她才比較能感覺到更內心期待卻自相矛盾的破壞感。

甚至，她妹妹因為從小就老覺得人又沒幾年好活，已經完全不在乎從別人的眼睛看她是什麼樣子……的她妹妹跟她說，充滿謬論地極端偏激……這個世界，一如大人，都是那麼令人憎恨，充滿罪惡和羞恥……反而就更不值得在乎。

刺青，她妹妹對她說，就一如墮胎，只是二十分鐘就處理完了的某件事……那麼微小而近乎沒有感覺，為什麼有的人卻覺得是罪該萬死地嚴重而充滿意義。

但是始終遲疑的她仍然好幾次都已經預約好要去刺青了，甚至走到門口，還是沒走進去。甚至，她最激烈的那回仍然是那麼令她難忘的，全身發熱發軟的她因為太忙太累到重感冒，咳嗽，月經，彷彿全身都出事地同時來了地流出各種體液，鼻涕，口水，經血，和她還受不了就在路上吐了的流質嘔吐物，當然還有太難過的她一路哭的眼淚……

或許，刺青對她而言，其實就是……她所想像對真實世界的過度放大、想要兌現太過焦慮到慌慌張張地擠兌，非常厭倦但還一再提及的對真實想像的變形及其無限可能的擴張。

或許，真讓人難以想像小時候其實跟她長得很像很甜美的她妹妹，長大以後的樣子會是那種滿身刺青的怪女生。太困擾的她和她妹妹感情的繁複深刻……不免就是投射了她對真實的想像……她妹妹使她始終明白她自己人生永遠遲來的遲疑感。因為，她妹妹使她老想到她自己，如果長大還不去試的話會很不甘願那種感覺，那種感覺快消失了而且永遠不會再回來……

本來她們在同一個家長大，擁有像一場共同的夢的過去。同一種降生系譜一如喝同一種毒奶粉發育，所有人生的選擇要多麼艱難地自己辨認……才能明白才能抵抗才能跳脫。

太脆弱也太過充滿期待及其因之充滿傷害，或是必然會因為那想像關係而脆弱地改變……之後，去念大學離家才和她妹妹分開也才有點改變的她，也才開始對她妹妹有點不一樣的理解……才明白了小時候她妹妹老是嘲弄她：「其實，世界到底有多真實，都不免是要由想像來決定……」

因為，從小她妹妹闖禍一再重來的真實往往太過逼真，仍然還是如此太過尖銳也太過理所當然的殘酷……對過去被她妹妹傷太深過的她而言，始終還是太痛苦。因為，這些過去必然誤解紛歧混亂地相互傷害……不免是太奢侈到難以呵護。

這一生……她妹妹使她始終有一種精神性的挫敗，不如為何近年來她長大到了青春期的叛逆感，竟然心情還真的往往不免變得很矛盾。一方面想

要更親密到學習進入成人世界的挫折中稍微安心一點的撫慰諒解……但是，另一方面完全相反地更艱難曲折地淪入更尖銳更偷渡的在彼此心智更深層的勾心鬥角。

但是，愈深入就愈挫敗，不只是更後來她妹妹對她的太過自閉遲疑充滿猜忌厭倦，愈來愈明顯……也更因為，她妹妹愈來愈發現她對這個世界的期望和失望，對於未來的相信和懷疑，對於她們自己的理解和誤解……都差異極大，而且不免愈深入瞭解就歧見愈深……

刺青，對過去始終太乖而太害怕的她而言，或許是過火的……因為刺青不免賭注太大，痕跡太深，罪惡感太重……使她反反覆覆好幾次了還是沒有刺。

但她老想起，同時的另一種更複雜也更傷害性的矛盾，更多也更怪……因為令她想起了那幾年她妹妹躁鬱症谷底的精神狀態或感情狀態失控而出過事卻找上她的無限糾纏，一如她們小時候一起玩的密室裡的故障洋娃娃，其

實那就像是一種縮影，面對傷害與被傷害，對妹妹的保護與抵抗的必然無法完成……老會像是一種不可能預防也不可能善後的災情……災難般的崩塌之後的餘緒及其不安的轟炸至今未曾完全消逝，這種狀態使她極度不安，但是仍不得不冒著被指控無力的她最後遺棄她妹妹的內疚，也冒著某種為了照顧憂鬱症病人而也被波及近乎傳染地陷入雷同後遺症候的活該……來更不安地面對她妹妹。

因為，對她而言，或許，在姊妹的愛與恨交纏糾葛之中，沒有人是無辜的……沒有人不想強烈辯解但是下場老陷入兩敗俱傷後只好認輸的末端空洞感。因此，想像她妹妹實在太艱難……或是，對她妹妹更多體諒的陷入般的神入，衷心，同情，感動……而因之渲染出來她對自己有意無意所打開的恐懼或期待，也都太過艱難……

尤其這幾年也長大太快的她也因為自己的人生伏潛太深的困難重重，正是狀態的谷底，充滿泥菩薩過江的泥濘感，或是厄夜叢林草木皆兵的幽微黯

黑黏身……自己都難以脫離險惡更不可能去挽救的……某些太深入深淵的流沙洞口末端，使得長大了的她甚至已然放棄了自己，近乎是自毀式的隱藏，飄浮於幻象的另一層層投影之中，困頓於無法了此殘生的餘生……更何況是挽救她妹妹。

刺青，可不只是她害怕的害蟲的召喚浮現，對她妹妹而言，或許更像是……畫皮、靈魂附體、人面瘡、鬼上身般的典故一再引用……妖氣更重一點、不同鬼故事或恐怖片或妖怪傳說對鬼的種種理解。一如對鬼的想像及其解釋，一如更荒誕的種種妖言惑眾般的鬼魅狀態……刺青的人往往鬼頭鬼腦又鬼鬼祟祟就是不要那麼尋常或馴良，有種入手的凶險的暗示、提醒、自欺或自詡……那種種鬼魅因為種種原因出現在肉身的玄奧詭譎。

然而，刺青對小時候始終太乖的她而言，狀況不免地還是複雜，一如暗黑幽微透露隱隱約約的費解壁畫的隱喻……但是，她妹妹有的刺青還更故

意刺在最尖銳也最見不得人的部位……刺在無法掩飾起來的地方，刺在很痛的地方，刺在一定看得到的臉上或刺在手上，刺在股溝乳溝種種性感的部位，甚至，故意刺在性器官上的刻意以裸露來炫耀地……更費解的無比炫目。

甚至，更後來時光的她妹妹躁鬱症發作地更嚴重更亂來，刺青也同時愈來愈失控了……變成只是一種愛漂亮愛炫耀化妝的想像……更只被稀釋到像是去參加一個怪趴怪舞會怪店怪場子的妝扮把刺青貼紙貼在肉身上，或只是傾斜向那麼徒然的裝可愛胡鬧在臉上貼上歌德風、末日惡魔風那種貼身的妝扮。

甚至，有一回她妹妹甚至眼神恍恍惚惚地跟她說：「跟當初我對妳講的鬼上身的陰沉完全不一樣了……刺了太多的我現在覺得我去刺青好像網購，就是你想有什麼東西，然後包裹寄來，你會很期待很好奇打開結果真是什麼樣子。有的時候打開跟想像的不一樣，很失望，但也就算了，人生嘛！然後又興致勃勃下次訂購……」

她的打擊很大，因為對她妹妹的不在乎而言……她的害怕緊張都變成只是徒然可笑或就是兒戲。也更因為在她想刺青而沒刺的那個禮拜，她妹妹在背後又已然再刺了更大的一整片刺青……更因為當年她妹妹跟她講的什麼刺青多用力的道理，現在已蕩然無存，她老是隨隨便便就跑去添加，而且去的時候完全沒想清楚自己要加什麼，加了以後又發現跟預期徹底不同，只好過一陣子又跑去刺，而且刺什麼已經不具任何意義可言……

她妹妹說：「單純就是我突然覺得這樣不錯！可是一回家看鏡子裡的刺青的自己，就覺得事實上一點也沒有不錯……但是，還是刺了。」

但是她仍納悶地心想……她妹妹的一再刺青，或許也只是想對人生更入戲……變得很直接入戲或偽裝入戲，即使只是一種角色扮演的想像，臨時性地理解或誤解種種想像自己肉身邊緣化的可能，臨時性角色扮演般還仍然是一種小小反動、脫逃、叛逆，對身體關係的一點點疏遠，做為對逃離不了所隸屬的人生偷偷失控一下的……若即若離。

那種躁鬱症一發作就失控的人生太過艱難……但是她妹妹的肆無忌憚，卻也接近另一種她所缺乏的……在人生試探更放手的孤注一擲，那是她一生的要害，她老把她妹妹的挑釁當真。

甚至，她想刺青的衝動持續了好久，卻又始終沒有刺……使她明白她自己太晚熟到終於面對到她妹妹所經歷過的某一種更內在的轉變。

或許，更因為近年她發現自己也開始老是心情低落恐慌，有時完全陷落太絕望的沮喪，有時卻又太混亂太躁動……到必須去做某些更瘋狂的事，一如比她早熟而奪去她太多而始終偷偷地欺負她很慘的她妹妹。

因此，最後她還是想縱身一試，為了更深入她妹妹，或許是更深入她未知的自己……

一如過去，她老是很嫉妒她妹妹可以更不在乎……更病態的她妹妹老有一種極端怪異的面對刺青，或許就是她面對她自己人生的為難。

像是她妹妹出家或發瘋或自殺前，她是最後一個見到她妹妹的人，到底她發生了什麼使她妹妹變成這樣……的種種推理劇式的懸疑，但是另一種更荒謬但完全平行的心情是：我不也應該是那個出事的人嗎？

刺青使她質疑起自己的這種妄想中那種神經兮兮的什麼……對於肉體的，痛的，刺的，會流血的，甚至是永遠的留下傷害和傷痕的不安可以完全不在乎的某種更即興，更恍惚……的什麼，可以不再那麼緊張兮兮，那麼多小心翼翼的就好像賭上一生的賭注，血淋淋，偽裝，攻堅……變得栩栩如生。

「一如這一個極端的例子……刺身真的可能是一種完全匿名的神通！」她對她妹妹說：「我們本來都是有這種匿名的神通，只是妳的刺青還沒上妝，而我的刺青還沒卸妝……」

她提及了小時候有一次在Discovery頻道看到的刺青節目，那是她有點記得的某一次過年她和妹妹一起在家裡所看到深入討論某種日本更極端探索肉體邊緣近乎修行的刺青，充滿了極為深刻的對人對文化對肉身修煉的感動

及其費解。尤其是收尾……因為他們在拍攝了許許多多刺青的藝術家、次文化、怪異時尚……之後，最後刻意地訪問到一個極度出人意料的特殊意外案例。受訪問者是非常馴良而客套的中年男人，他也真的是一個尋常小學校的教務主任，乍看起來很像很討人厭的那種不起眼的大叔。甚至拍的時候，一開始完全看不出來他的刺青異狀，因為他的生活也是極度低調尋常，也有尋常的不好看也不難看的太太跟小孩，養一隻不大也不小的秋田犬，在院子種不多也不少的灌木盆栽……怎麼看都只是在鄉下的那種很普通正常的公寓生活，然後剛出來的時候長相還蠻正常的，可是卻怎麼看都看不出來異樣。但是他最後解釋他全身都是最複雜的刺青，所以出門之前至少要畫兩個小時的妝覆蓋全身到全部看起來是正常的，然後戴假髮，必須小心翼翼地使一般人在一般時候完全看不出來他的異狀，因為在普通日子裡，他就只是一個正常在學校上班的尋常大叔。然後解釋了很久之後，他露出遲疑的眼神許久之後才終於說出：請你們等一下……

那真是一個動人的時刻，他慢慢褪下衣服的冗長過程而且仔細卸妝出來後，整個和室彷彿隱隱在幽微中發光，閃爍而迷離……因為大家在那慢慢卸下的妝一如卸下了一整層全身人皮之中，才發現他其實是都刺滿了，他刺的是連最完全的四肢、軀體、脖子、臉上、耳朵、手掌腳底、手指腳趾，指甲肉縫身上每一個再細節的地方都刺了青，刺滿了一長幅最複雜的唐卡式曼陀羅中所充滿了的極端細膩繁瑣的圖形中的佛陀菩薩天龍八部阿修羅惡鬼亡魂的魂飛魄散……最後他還刻意剃光頭，使刺青可以刺滿整個頭皮。

因為，說到最後近乎哽咽他說多年來的隱藏但精密的全身刺青對他來講非常神聖地重要，一如一個信徒的許諾，虔誠，專注，充滿神祕的召喚，像某種不可能的任務，或降世修煉的匿名神通……

字母會

系譜學

胡淑雯

G

系譜學

Généalogie

盛夏鬧了一場颱風，帶來久違的水災，將深不可測的遺忘沖刷至表面。母親在亂水中搶救出一本相冊，在浸溼的舊照片中，我看見了曾祖母的臉。看見了年輕的外婆，與母親的童顏。好珍貴的一張相片。我說。應該複製成電子檔，再將原件晾乾，拿去照相館護貝。我對曾祖母已經毫無印象，只記得她的葬禮。當時我未滿三歲，在土葬的隊伍中哭哭啼啼喊著要媽媽，天氣燠熱，擡棺人之外另有擡水的人，我記得媽媽將我抱進一座冰涼的山洞裡，以顫抖的童謠與她分泌的乳汁安撫哭鬧不休的我。另外兩張照片，分別是嬰兒期的舅舅，與當時五歲的母親。那三張相片裡沒有外公。

母親聽了我的意見，拿著相片去護貝，照相館的男人對母親說，「你們家一定很富有吧。」母親不作聲，任他繼續說，「一九五〇年代，幫小孩子拍攝獨照，絕對不是等閒的事。」那三張黑白相片異常沉靜，畫面中找不到一絲關於聲音的線索，每一張臉都安安靜靜，肅穆於沒有表情的，專心一意的

注視當中，就連微笑也是多餘的。那時候的人，是不對鏡頭獻媚的。照相館的男人問，「是什麼場合拍的這幾張相片？」母親說忘了，時間太久，她太小了。

其實母親記得，這幾張相片，是為了寄給外公看的。他在火燒島坐牢。母親也記得臺東港，那個暴雨搗碎的碼頭，六歲的她蹲在雨遮底下，渾身溼答答地起了皺，費心打理的漂亮模樣，落花般掉了顏色，在棄子般無人照管的港口，等待雨停。雨停了才能出船，去火燒島探望兩年不見的父親。母親還記得，從高雄出發的客運在土路上搖晃，顛得像行船，車窗關不住，發出刺耳的摩擦，割傷沿途的風景，灌進一路的風砂。外婆的眉毛蒙了灰，頭髮刷刷地飛，瘦得像鬼。當時才六歲的母親，並不知道三十九公斤有多重，一個身高一六七的成年女人，兩年內瘦成三十九公斤，需要多少悲傷，多少恐懼，多少拚命勞動的晝夜。

外婆幫傭存下的錢，只夠買一張船票，六歲的母親於是矮著身子裝傻，說自己只有三歲，不必買票。大雨下到日落，沒等到出船，只記得在濺雨的泥濘中餓著肚子，鞋底化作沼澤。小小的母親哭泣著，蜷曲在自己的影子裡，新買的洋裝在雨中彷彿退了尺寸，生出野蠻，吸吮她細瘦的背，灌入歷史的汙水。她不敢承認自己正在忘記，忘記父親的樣子。她已經兩年沒見過爸爸了，卻記得爸爸對她說過的話，「阿雪妳這麼聰明，長大以後，爸爸一定讓妳讀書，讀到不想讀為止。」

但阿雪想讀卻沒有讀，父親出獄那年她剛滿二十歲，在臺北城郊的紡織廠做工。腳下嘎啦嘎啦踩著機械踏板，藏著下班後要換穿的衣物。那雙不被允許停頓與拖延的、抽絲拉線的雙手，漆著厚厚的指甲油。她是個不安分的女工，學人家趕時髦，嚼著青箭口香糖，哼著木匠兄妹的 Close to You，破

爛的發音去頭去尾，聲形渙散，自己也不懂哼的是什麼。她豈止不懂英文，國語也不太行。她是政治犯與女傭的小孩，只讀到小學畢業。

阿雪舉起手，說，「組長，我要尿尿。」不等對方批准，逕自踩著拖鞋，出門右轉走到底，躲進女廁隔間，抽一根菸。月底蔣總統生日，紡織公會舉辦愛國歌曲大賽，下班後還要練唱呢。阿雪擁有女明星的身形樣貌，在純女工的廠房裡穿得像一袋垃圾，下工後化了妝，換上高跟鞋與迷你裙，胸部擠一擠，就成了萬人迷。她千嬌百媚唱著軍歌，雪白的胸口起起伏伏，像一只深沉的手風琴。風箱一路拉開，脹得飽滿，直到快要爆裂了，再將空氣緩緩放掉，又急急一吸。一同練唱的男工看得熱血沸騰，喉嚨像發情的猩猩腫成紅色，一首雄壯的軍歌唱得要生病似的。

練唱完畢，跳上其中一人的摩托車，飛到中山北路，去咖啡廳嘗鮮。

男孩請阿雪喝了一杯立頓紅茶，聽說是進口的高級貨，配上檸檬與方糖，聽湯匙與杯盤的碰撞聲。男孩的指甲很短，嵌進肉裡，厚重的勞動在指尖填滿黑色的油漬，掌心在桌面下游移著，觸摸她困惑的膝蓋。恐懼像一根溼頭髮，黏住她興奮的皮膚，鑽進裙擺下發酸的寂寞、與腦袋中模糊的教養。熱情的本事與膽怯的禮教打著商量，膽怯占了上風，阿雪將大腿收緊，喝下馴良的茶水，說：

「我爸剛回來，不能太晚回家。」

「哦，妳爸出差嗎？」

「可以這麼說吧，他是個船員。」

阿雪善於改寫自己的身世，就像禁書懂得換封面一樣。

「漁船嗎？還是貨船？」

「貨船，走美加。」阿雪轉移話題，「我們工廠有幾條線，也是外銷美國的。聖誕節的訂單剛到，要加開兩條線，明天要提早到班。」

摩托車剛到巷口，阿雪就急著下車，怕男孩撞見父親，也怕男孩被家裡的內衣褲淹掉腳跟。那些銷不掉的舊貨，積雪般沿著四壁，向上堆高，頂住天花板，隨時有崩塌的危險。白色的衣料，被滯銷的時間染黃了，像氧化的白漆，浮出鏽色，彷彿被踏髒的雪。

父親出獄後，原本任職的中學早已註銷他的授課資格，其他學校同樣不敢用他，就連應徵工友也沒下文。世界變得好新，這年頭該有的技能，他一樣也不會，在一間貿易行做了幾個禮拜，送信跑腿打雜，隨後警察出現了，跟老闆在廁所外吸了幾根菸，他就被解僱了。老K握有國家、握有校園，老闆們握有土地、公司、與街道，然而這座城市，總還有幾個街角是主權不明的吧。於是父親學做攤販，專賣內衣褲。除了要重新認識新臺幣，還要學會收錢找零，跟陌生人聊天，同時隱匿自己的過往。為了當街叫賣、跟人討價還價，磨掉書生的臉皮，依舊打不平收支。

阿雪走進家門，看見一個陌生男子。是爸爸的客人。她禮貌地點點頭，腳下踢了踢，將地上的衣服踹進角落。那些堆高的滯銷品，自某個失衡的環節崩解、滑落，彷彿閘門破了洞，水一般溢過來、溢過去。與其說她父親鎮日守著攤子，像守著一攤死水，倒不如說父親早已棄守。他總在下午三四點，望著遠處的矮山，數著山頭上星星點點的羊群，在一陣又一陣終歸失敗的自我克制之後，無可救藥地往山裡去，跟著羊群爬上山頂，把攤子留給沙塵與驟雨。偶爾，他渴望重回火燒島，與岩洞中的蝙蝠為伍，他懷疑自己已經沒有能力重返，重返他曾經熱愛的世俗生活。曾經他為了自由，選擇了幾乎可以確定的死亡。如今卻為了重新做人，搞得精疲力竭。

「怎麼不點燈呢？」阿雪問。

「停電了。」陌生男子說。

「我爸呢？」阿雪再問。

「好像……」陌生人伸伸脖子，「好像在廚房。」

阿雪聽了覺得好笑，家裡哪來的廚房呢？陌生人口中的廚房，不過是後門外的一列煮飯檯，草草搭了屋簷，抵禦陋巷的風雨。阿雪一家在這片矮房子裡分得小小一格，屋主是父親的獄友，象徵性收點房租。

父親握著蠟燭，自「廚房」繞出來，轉進「客廳」。客廳中淹了一地的滯銷內衣，夜裡鋪上蓆子，就是一家三口的臥室。弟弟在外地打工，很少回家，父親離開時他未滿週歲，回家時他正值叛逆的十七歲，他不知該如何開口叫爸爸，於是躲開了爸爸。

阿雪問父親：「媽媽回來了嗎？」

還沒。父親說，日本人家裡有宴會，要忙到半夜。

母親這回幫傭的對象，是日本在臺官員，每次宴會過後，總有豐厚的

剩菜可吃。阿雪與陌生男子聊了幾句，得知父親帶他回家，是專程來吃生魚片的。

「你跟我爸怎麼認識的呢？」

「上禮拜，」男子說，「妳爸到我店裡來，問我可不可以教他開車。」

阿雪鼻子一酸，心就放了下來。這男人瞭解她父親的情況。瞭解後不選擇避開，反而靠了過來。這表示，父親交上新朋友了。

他名叫林新雨，屏東上來的，客家人。在附近的計程車行當學徒，白天修車，夜裡洗車，省吃儉用存下一筆錢，考取「小客車駕駛執照」，向老闆買來一輛二手車，最近正重新上漆，準備開計程車。他從來不照鏡子，對自己的俊美一無所知，渾然不覺自己高瘦的身型、英挺的鼻梁，是屬於城市的、現代的美。直到某天洗車時，感覺身邊溢滿香噴噴的女人味，背上壓著一份專注的目光，回頭見到老闆的女兒，才發現自己原來也有接受愛慕的資

格。這愛慕出自有錢人的獨生女，附贈了世襲的財富、安逸的許諾。

一日大雨剛過，刷新了天空，換上豔麗的霞光，懸上淡淡的彩虹。車行對面的米店正在卸貨，穀粒嘩啦嘩啦滾進碩大的木桶，盛大地攤展白色的富足。附近的野鳥聚集、盤旋，狩獵般高速俯衝，攻擊米色的海面，啣走魚苗般細密的穀粒。一個怪人走進車行，對新雨說道：「很抱歉，打斷你的工作。我叫張春暉，今年四十八歲，想請你教我開計程車。」新雨看著眼前的陌生人，只見孤獨的蒼老。走路弓著背，彷彿馱著重物，衣著與時代格格不入。尤其那雙鞋，簡直像是從一條二十年前的河裡撈出來的，死人穿的鞋。

「就連我這鄉下來的土包子，都會被這個土人嚇到啊。」

多年後，新雨跟女兒講起這段遭遇，依舊歷歷在目，「我讓他坐下來，請他喝杯茶，椅子還沒坐熱，他就舉起手說，『我可以去尿尿嗎？』我說你

尿就尿幹嘛舉手，他說牢飯蹲久了，原本已經改過來了，但是跟陌生人講話太緊張，腦袋打結，舊習慣又浮了上來……」

「土人的女兒有什麼好呢？」女兒問，「當初你愛她什麼呢？」

「就那雙大腿啊，」新雨瞇起眼睛，遁入回憶，「她那雙大腿啊，可以淹死每一個男子漢。」

新雨教土人開車，土人為了答謝，請他回家作客，說晚一點有日本料理可吃。他見到土人漂亮的女兒，看得出神，三個人等到半夜，日本料理遲遲不來，女孩於是煮了稀飯。他失魂落魄接下女孩遞來的粥，忘了吹涼，大口喝下，燙得舌根都熟了，卻不敢出聲叫喊。

十一月初，來了一陣早熟的寒流，新雨在苦凍的夜裡洗車，忙到半夜三點，將汙水倒進水溝，準備洗下一輛車。他搓揉著凍僵的雙手，喝一口水，

咳了咳。冷風疾疾，耳鳴封住耳朵，在一陣睏倦的呵欠之中聽見低低的啜泣。尋聲而去，不見野貓野狗野小孩，卻見老闆的女兒蹲在水槽邊，握著一塊熱情的海綿，淚眼汪汪看著他，說，「讓我幫你洗車吧。」新雨感動莫名，卻驚奇地發現自己心底，已經有了別人。眼前這女人不曾吃苦，才會以為自己願意為愛受苦，她的父親不會同意的。「我已經有了對象，」新雨說，「年底就要去提親了。」新雨說完，大小姐提起水桶，澆了他一身。

「我不相信，」女兒說，「太誇張了，爸爸騙人。」

小孩很難相信自己的父母，也曾有過轟轟烈烈的愛情。對女兒來說，世界是在她出生以後才誕生的，「爸爸把計程車牌借給阿公，是在我幾歲的時候呢？」唯她出生以後才有歷史、才有時間。然而再過幾年，幼小的女兒就會明白，所有年輕而美麗的事，隔了時間，都會被蛀蟲咬壞，變成一張缺了門牙的淒慘的嘴，複誦著古老而荒謬的鬧劇，舞臺上滿是果皮與紙屑，柴

米油鹽灑了一地，菜刀穿過客廳，砍進填滿怨言的枕頭裡……這混亂的家庭肥皂劇，像恆久不癒的宿疾，每年總要發作幾次，直到女兒大學畢業，直到她辭掉工作，經營自己的工作室。直到城市失去彩虹，失去蝴蝶，高昂的地價驅退盛大的米缸，沒收牧羊的草地，卻怎麼也趕不走蟑螂與老鼠。——是的，這就是我爸新雨、我媽阿雪，我們與草木同朽的家庭生活。

下午四點半，比稿會議還在進行，手機躺在公事包裡，震個不停。只有我聽得見，我的耳朵比誰都尖。假如你也曾像我一樣，害怕聽見自己的腳步聲，我保證你的耳朵也會練得很尖。八成是我媽打來的，只有她會這麼急。愈是不重要的小事，愈是十萬火急。

會議結束，檢視未接來電，十萬火急全是妹妹打來的。回電話，那端的聲音悶悶說道，「爸媽又吵架了。」

「這次又怎麼了？」

「跟上次一樣，為了阿媽，」妹妹說，「今天她一早就來了，問妳為什麼不結婚，說妳再不結婚就不能生了，沒人要了，我頂嘴說姊姊還年輕呀，四十歲都有人在生，林青霞五十歲也還在生。阿媽就罵媽媽，說她生的女兒只有一張嘴，只會浪費米……」

阿媽是父親的母親，嚴厲的祖母。與慈愛的外婆並不相似。

「阿媽後來又拿出存摺，說少了四十萬……」妹妹說。

又來了。這件事已經吵了半年多。

「上次說少了二十萬，這次說少了四十萬，媽媽說她沒有拿，但是阿媽一口咬定，一定是媽媽偷的。阿媽一走，媽媽又氣到哭了……」

「講重點，」我覺得很累，「爸媽為什麼吵架？」

「我打電話給爸，叫他安慰媽媽……結果他把媽媽罵了一頓，說她肚量小，容不下一個腦袋不清的老人家……」

「拜託，妳太多事了吧？」

「我以為他脾氣變好了。他很久沒發脾氣了……」妹妹哭了起來，「妳自己一個人搬到外面去住，留我一個人守在他們身邊，我是妹妹耶……」

「好啦，對不起啦，我等一下就打電話給爸，跟他解釋。」

電話才剛掛斷，馬上又響了，是爸爸，氣呼呼地臭罵一陣，用掉一缸三字經。

「爸，你聽我說，」我試圖冷卻他的怒氣，「媽媽沒有跟我告狀，也沒有跟妹妹抱怨，是妹妹看媽媽在哭，覺得很難過，才打電話給你，只是要你去安慰媽，並不是在罵阿媽。」

父親也不知聽懂了沒，只顧著說，「妳阿媽養我辛苦得要命，我這把年紀拚得再苦都能忍，妳媽難道就不能忍一忍？」

「媽媽是在忍哪，」我說，「就是因為忍下來，不跟阿媽吵，才會得內傷，躲起來哭啊。」

「妳媽那個脾氣，那麼烈，一點也不像窮人家的女兒……」接著又是一

串轟轟烈烈的三字經。

與爸爸通過電話，我草草吃了晚餐，搭上捷運。手機再次響起。

「怎樣？」我沒好氣地說。

電話那頭的妹妹在哭，「爸爸說，等下要回去把媽媽殺了。」

「啊？」

「爸爸發瘋了。他要把媽媽殺了……」

「妳在哪裡？」

「我在外面，我不敢回家。」

「媽媽在家嗎？」

「我叫她不要留在家裡，去阿公家。」

「她去了嗎？」

「我不知道。爸爸好恐怖，我覺得他好像氣到中風，聲音都歪掉了……」

我掛掉電話，打回家。母親的聲音跟妹妹一樣，溼漉漉的。

「妳看呢？今晚要不要去外公那裡避一下？」我問媽媽。

「都幾點了？妳外公外婆早就睡了。」母親說，「不要去煩那兩個老人家。」

「爸很久沒這樣了，」我說，「這次搞不好是真的……」

「我才不怕他咧，我也不怕死。」母親在電話那頭烙下狠話，說她要去把瓦斯打開，將全身烤得發燙，在發燙的皮肉裡插滿碎玻璃，「看你爸敢不敢動我。」

我跳下捷運，坐上計程車，一邊打電話給妹妹，說，「妳聽好，我現在要回家，妳要不要跟我回去？」

「我不敢。」

「妳到底在哪？」

「我在夜市。」

「巷口那個夜市嗎？」

「嗯。」

「我走市民大道，十分鐘就到了。妳在豬肝湯那裡等我，好不好？」

「豬肝湯已經關了，」妹妹說，「改在臭豆腐好了。」

跟妹妹會合之後，我們倆摸進一個已經收攤的幽黯騎樓。父親搭末班公車回家，每每要經過這裡。我跟妹妹打算躲在暗處，等他出現，再觀察他的腳步，偵測他的情緒。一隻瘦小的黑貓，瞪著藍灰色的大眼睛，在高處俯瞰我們，旁觀人間的通俗劇。

這片夜市已經睡了大半。依舊醒著的小攤，冒出熱騰騰的白煙，安慰晚歸的人。曾經，外婆在這裡擺過一陣，販賣外公銷不掉的千年內衣褲。幾年前風行一時的鐵板燒已經退場，取而代之的是百元熱炒。那種熱鬧的食物，划拳與酒後的爭吵，父親一點也不熱衷。

不多久，我們等待的那個瘦長身影，穿過午夜的月光，戴著毛線帽，拎著一袋食物，疾速步行而來。一個準備殺妻的人，還有心情帶剩菜回家嗎？

我將手機調成靜音，摸摸妹妹的頭髮，說，「妳在這裡等著，手機打開，有事我會叫妳。」

烏雲吞噬了月光，潮溼的夜風送出雨的氣息。我搶先回到家門外，躲在鄰居的車影下，等父親抵達。我的腳步輕盈無聲，像貓一樣。在暴躁憂傷、動輒得咎的家庭氣氛中，養成貓一般無聲步行的習慣。見父親走近家門，我躲進更深的陰影中，聽他拿出鑰匙，開了門，聽見母親迎上前，接下那袋餐廳打烊後的剩菜。父親早已不開計程車了，在一間餐廳當泊車小弟：一個中年近晚的，高齡小弟。

母親問，「餓嗎？」

父親胡亂吼一聲，聽不清說了什麼，東西一扔，門一摔，朝夜市的方

向走去。

我沒有猶豫的時間，從陰影裡追出來，跟上父親，喊了他一聲。

父親沒有回答。一路走。快步走。以速度表達憤怒，又像是惱羞於自己的憤怒。

細雨斜斜落下，打溼了父女倆無言的影子。

他走進夜市，想找東西吃。我於是熱心介紹著，有瘦肉粥，有米粉湯，肉圓與蚵仔煎就不必了，他患有嚴重的胃疾，拒絕「不像正餐」的食物。

牛肉麵攤還開著，他走向那片朦朧的塑膠棚。

「一碗牛肉麵。」

「抱歉賣完了。」

「水餃十個。」

「也賣完了。」

我聽得緊張起來。

「那大滷麵呢？」我問。

「有。」

我放下心，野狗般搖著尾巴跟著父親，說，「爸，要不要加一顆滷蛋？」父親不回答，意思是「要」。我挨在他身旁坐下，將母親與祖母的事從頭再解釋一遍，像個罹患急性躁症的話語狂，揭開家庭的祕辛，相愛之人共組的地獄。

妹妹傳來簡訊，暗中詢問戰況。我回了簡訊：「沒事，妳先回家。」

爸爸看著我跟妹妹在電話裡一來一往，靜靜喝著麵湯。他吃飯喝湯總是安安靜靜，是個從裡到外厭憎噪音的人，卻在噪音囂嚷的環境裡勞動了一生。忽然，父親盯著我，像是突然啟動了視覺，將我從頭到腳看了一遍，說，「這件大衣還是這麼漂亮。」這一刻，我感覺他的眼角壓抑著深不可見的微笑。

「對呀，你還記得這件大衣喔。」我說。

這件大衣，是父親婚前送給母親的禮物。在中山北路的洋貨街、本地人俗稱的「細姨街」買的，花了他一萬塊。那時候，一間公寓只要二十萬。這幾年，母親將大衣轉送給我。醇厚如酒的純羊毛料，緊緻的湛綠色，沾了一絲芥末的冷，青銅鈕釦含苞欲放，手雕的玫瑰總不凋謝。上個世紀的老衣服，於世紀初重出衣櫃，竟一點也不過時。因為夠老，反而新潮。

回到家，媽媽套著夾克，還沒睡。父親一語不發，獨自閃進浴室裡。母親一臉篤定的神色，在我耳邊竊竊說道，「他那幾根毛唬得了誰，他做壞做歹都是裝的啦！」

我離開父母的家，在冷雨中顫抖著，覺得這一天好長。手機裡一則簡訊通知我，下午的案子被別人拿走了。路邊那條陪我度過童年的水溝瘦了好

多，像個縮水的老太太，被時間瀝乾了。入夜後，雨下得更重，就連黑暗也被吞噬了。乾涸的水溝用力吸著落雨，像老太太驟醒的皮膚，盛大地吸取回憶，維繫孤獨的生命。祖母腦中的病，大概是治不好了。我在雨中緩緩步行，繞到外公的住處，打算將複製好的照片投入他的信箱。那三張照片曾經飄洋過海抵達火燒島，陪著外公度過十幾年的苦役，再返回那竟然沒有離散的家，傳遞給女兒，在水災裡倖存下來，再遞給女兒的女兒。我在雨中凝視著相片裡，那些安靜的容顏，直到適應了低溫，再也不覺得冷。

字母會 系譜學

駱以軍

系譜學

Généalogie

G

「哈哈，你完全沒變嘛。」

「你還不是完全沒變。」

走進這咖啡屋前院小區戶外座的，在旁人眼中，是個白髮、理平頭，穿著灰色夾克，面瘦斯文，像小學校長或退休法官，習慣在人群中不引人注意的初老之人。但在他眼中，完全是當年坐在那國中教室另一側單排桌椅最後一個座位，那個陰鬱、沉默、個性有點彆扭的少年。

那時他就和他非常不熟，在十三、四歲的時光，他們就互相嗅出彼此是頻率、氣味如此不同的人種，當然後來各自的人生卷軸也必然是完全不同展幅。他問他：「賴志（還好還叫得出名字），那你現在在幹什麼？」

這個三十年前的老同學跟他說了一些他完全聽不懂的名詞：生命科學、離析、病毒培養，各種說不清楚一個現實中功能的儀器……總之，他是做這個跟醫院、實驗室，甚至政府委託研究單位，打交道的業務主管。

他笑著說真聽不懂，他想在這賴志眼中，他應也仍是當年那教室，坐

另一側靠窗邊最後一個座位，那永遠全班最後一名的小胖子。他問起他小孩，意外的這看起來白髮清癯的老同學（他們都快五十歲啦），小孩都還在念小學，一個小五、一個小一。

「哇，那你真晚婚。」

「是啊，我晚婚。」

有一種他們那個年代才特有的某一類人的謹慎、寡言，像貼在牆壁的灰影，即使閒聊問你還是會發覺他們一定將個人資訊，壓縮成完全無色無嗅的「檔案體」、數據，或做為人間痕跡的單位、職務。有點像情報人員，或學校裡的人二單位，很怪，這樣的人，走過了那個政治微血管延伸進私人領域監控，「惘惘的威脅」之年代，他們的冷淡疏離，在這個新世界，便成了村上春樹「沒有色彩的多崎作」那樣的人物。

後來黃允來了（就是這次這個小型同學會的發起人，好像是在一間極大的外商銀行當副總——他和他也不熟，暗中還和另一同伴喊這傢伙一個可愛

的綽號「小海獺」，長得真像啊——但五十歲了，那像即溶咖啡在三十年的光的溫水中攪啊拌啊，也就像個銀行高層主管不違和的形象了）；沒多久，金克也來了（一個瘦高傢伙，但現在留了落腮鬍，國中時顯得太老成的臉，這時有點像虎克船長，跳出時光的畫框之外，穿著獵裝，意外地變成這年紀男人的加分，很有味道。說是上市公司的老闆，「在賣手機的」。）；又晚個十分鐘高珩來了，臉蛋、身材完全像才三十出頭的年輕小夥，眾人當然狂虧這哈哈傻笑、樂天隨和的傢伙。

來回交往的話語，他摸索出這高珩其實拿美國護照（「他媽的他是美國人啊，好命啊，玩得凶啊，人家現在女朋友才二十七、八歲呢」），一直在佛羅里達工作，也是這幾年才回臺灣，買房、定居，有一段時間在健身房當教練，現在呢，也是在賣手機。

同學少年都不賤。坐在這綠蔭搖曳的咖啡屋院裡溶在秋陽般金箔（其實是這個溼冷冬天末尾，難得出的好陽光）畫，還是一張一張調皮男孩的臉。

當然他們的話題，全如謎霧莊園環繞著當年那個，「撲克牌的黑桃老K」，那造成他們各自傷害史、心靈扭曲，非常長時間之自我療傷、修補的男人。那個矮個子的凶殘的導師。像是集中營倖存者半世紀後的聚會，心悸猶存的各自回憶：絕望的冬天早晨，穿著深藍外套，駝背哀傷的男孩女孩，排成一整列，依次輪到那男人的面前，怯懼地伸出上翻的手掌，像牲口那樣挨抽藤條。少幾分抽幾下，藤條打斷用椅子拔下的木板，木板打斷換長長的報夾。打完手掌（腫成豬肝狀），打屁股、屁股打完打大腿，大腿打完打小腿，還不夠打的打手背指骨……

光影中，那個矮個男人像個孤獨苦練揮棒要進大聯盟的強打怪咖，西裝頭散亂，青筋爆突，用盡全力將那比他身體還要長的藤條，往這些傀偶沙包般的，灰色少年少女的身體上擊打著。

在這暴力造成一切物理學定律的國中，「三年一班教室」，每一個三十多年後坐在這咖啡屋哈啦的「未來少年」，當時卻像被毛氈苔、豬籠草、捕

蠅草黏住的小瓢蟲，怎麼樣也無法從那困纏的圖畫中掙脫。很多年後我們其中一人或恍然大悟，告訴自己：「原來他是個精神病患。」也許只是因為他那身高一五〇左右，且出身於貧困農家的客家山村，在那個年代，只能念公費師範學校，在我們這些天殺的幸運小鬼無法想像的羞辱化糞池下水道奮力掙泳，也就只能站在這國中教室的講臺上，腦額葉被強酸燒灼地預知：臺下這些「挑選出來的」，菁英中的菁英，二十年後——他們說起，「哦，那個永遠第一名的詹偉，後來臺大醫科畢業，又去拿了個毒物學博士」，「那個老在第二、第三名徘徊的余守，現在好像是長庚什麼科的主任」，「那個好像他的鷹犬，總愛打小報告的劉光，前幾年我google搜尋，是臺大醫學院腦神經科的教授」，他們嘆口氣：「那個年代，智力最高的都進了醫學院吧？」像某種時間光塵漫飛的卷宗抽屜被打開，哦不，是系譜學的編纂，關於「錯誤」的多難度系統模型重建。無法追蹤其單道、曲率、運動軌跡、動能在何時消失。他說：「那個徐景，後來在臺積電，幾年前約我出來，說提前退休，找了幾

個同事自己開了間公司，回頭外接臺積電的case，」金克插嘴說：「我們這個年紀的，如果畢業進臺積電，到現在退休，身家都是上億啊。」那不是他想說的重點，「他說他現在寫武俠小說，打算自己買一臺印刷機，自己印製，自己出版，我告訴他出版這行不是這樣玩，但他說他就是想這樣玩。他本來就是天才嘛。」黃允說：「我記得那時候你們都玩在一塊的。」他說：「還有一個陳志，當年他倆都上建中，就我落榜。他們倆玩在一塊，智力接近，圍棋、撞球、桌球，像老頭，但都往一個極高階的境界逼上去，當時在撞球店，那些年紀大我們十來歲的阿兵哥，長瓢子、迌迌仔，挑杆怎樣都打不贏他們倆，精準、冷酷、面無表情。」他們都說，這倒真的對他們倆沒印象，太深沉了吧，主要是沒玩在一塊。

他說：「那個陳志，倒是很妙，大約二十年前吧，我們二十七、八那年紀，有一回我也是和他們倆在臺大校園丟棒球。那時是徐景在唸臺大材料工程博士吧？陳志就說，他很多年前清大就休學了，迷上了奧修，他突然覺得

之前的人生全是錯的，產生了巨大的迷惑，他也不想之後的人生這樣在完全可預知、一目瞭然的軌道上無趣地移動。他好像跑去日本，加入一家專門幫那種《龍貓》裡的老木造房子，噴殺蟲劑除白蟻，這是我那時候的印象。不過幾年前我們聚的那次，他現在是小學老師，好像女兒也很小，才在上幼稚園。」他們回憶起在座每一個人當時挨揍的慘狀。他就不用說了，他是那一年永遠的最後一名，事實上他也會試著採用另一種抽離的攝影機式的回望方式，那時的（十五歲的）他，之於那間教室的其他男孩女孩，他們被隔屏在一道玻璃圍牆後面，用手摀著嘴，驚恐又警惕地看著，另一邊的這個他，像一匹正被宰殺的馬，或是豬之類的，毫無可能抵抗的，被那矮個子導師，每天上演最極限的痛打。

他笑著說：「有一次發英文考卷，他從你們最前面打下來，少一分打一下。啪啦啪啦藤條抽擊手掌的聲音，九十幾分的也照打，好像打到我前一個，那個叫張郁的，考七十二分，就打得超漫長超久的，我站在後頭算，

欸他挨了整整二十八下吔，感覺打到後來，那張郁根本是跪在地上，臉都被涕淚弄糊了。然後矮子走到我桌前，拿起考卷，聲調突然變小男孩的尖叫：「什麼？三十一分？你考三十一分？」我都不記得後來他有沒有按那天文數字，照帳面打完我六十九下，但我記得全班都笑了。好像我出了個超難的體力活兒，反過來整到那剛剛五六下、七八下、十來下，揍完全班的這個大人。」

他們都不記得那一次了，賴志是這裡頭除了他，功課也是後段的，他們倒都記得矮子愛揍賴志。「可能是我被揍的時候，心裡放空，都沒有表情吧？不會像那些女生哭哭啼啼求饒。」賴志說：「有一次最慘，我早上起床，發覺我的學生褲還泡在洗衣機裡，我媽忘了晾，我就那麼條學生褲，去翻我哥衣櫃，找到一條顏色最像卡其布的，結果褲腳是喇叭褲，我傻傻地穿去學校。哇靠，那矮子簡直氣瘋了，在教室後面揍我，揍到那次像大屠殺。」

「有有有，我記得那次，」他們都說。

「你他媽也天兵耶，怎麼可能你穿條喇叭褲去矮子不修理你。」他說。

賴志聳肩，在五十歲的初老臉上擠出一個從遙遠當年夾帶過來的無奈，調皮的鬼臉：「那時候傻傻的，哪知道那麼慘，其實我後來都不記得肉體的痛，就好像把內心關閉起來，這一切發生的當作是一個和我無關的人。結果這一關，我一直到大學，都是一個孤僻的人，跟大家都不熟，別人都覺得我像個影子呢。」

他說：「黃允不用說了，你他媽功課好，但金克我怎麼印象裡，矮子好像沒怎麼打你？」

其餘人都笑了，都說：「他噢，你忘了，一整年拿著個拐杖，半跛半跳進教室，矮子大概也就有點顧忌。」他們都笑：「這招厲害。」金克說：「哪裡，我是真的打球摔到脊椎了，好好停停，你看我到現在這年紀，還是脊椎舊傷這老毛病。」

高珩說：「有一次下課，我拿他那隻拐杖來當機關槍，噠噠噠，噠噠噠，

哇靠矮子突從後面出現，那次我好像是被罰半蹲。」

「對，他每次都穿個球鞋，無聲無息從後面溜進來。真的是白色恐怖。」

金克說：「除了你們，我記得矮子特別愛揍一個女生，叫盧玫。」

高珩說：「對，還有另一個女孩，比較矮，叫葉婷，她們兩個都很正。」

他說：「比較早熟、愛玩的女孩吧。在當時那班上一片灰撲撲、完全沒有女孩味的其他，那些死讀書女生裡她們兩個比較愛漂亮吧，頭髮會故意弄斜斜蓋著半側臉，外套袖子會捲起來，好像也會買那種香水味的什麼星星小孩啦之類的少女玩意兒，小筆記本啦、可愛橡皮擦啦、卡通圖案鉛筆盒啦……。其實我覺得矮子愛揍她們倆——她們又嬌滴滴的，一被揍就梨花帶雨，哭成淚人兒——後頭有一種性的，性暴力的扭曲、陰暗的東西……」

「對啊，她們倆其實功課不差。盧玫後來考到中山女高，葉婷可是北一女吔。」

「關於盧玫，」黃允像在回味一個多年前祕密的地窖裡藏著的一瓶紅酒：「有一次啊，模擬考，我坐第一個，她坐我斜後方那個位置，考之前她就一直跑來求我，說她都沒念，拜託我罩她。我那時候根本沒作過弊，我哪敢啊。喔她真的那就是撒嬌了。我就大著膽子，每科寫完卷子，撕張小紙條，抄了答案，就丟過去給她。結果，那次我考了全校第二名，盧玫是第六名。」

他們大笑：「那矮子一定起疑吧？」

「是啊。」

他說：「其實我那時一直暗戀盧玫，到後來整個高中三年，高四重考，一直到大學，都在暗戀她。但哪敢啊，那年聯考完，你們全變成高中生——還都建中什麼的——就我落榜，進入重考班。我根本是個賤民，不過盧玫這女孩很屌，有情有義，我後來學壞，有一次闖了很大紕漏，和另一哥們蹺家跑去南部，就是打電話偷問盧玫我家的狀況，盧玫電話裡還把我痛罵一頓，說我媽哭著在永和大街小巷找我。後來她大學畢業去當空姐，還是

很漂亮，我那時還在念文大——我一路重考、留級，就是矮了你們幾屆——還和她約會過幾次，撐場面請她吃過幾次燭光晚餐。但她就是當我是好朋友，她的男友好像都是非常有錢公子哥。唉她這樣的女孩，注定是屬於這世界更強、更出色、或更有錢吧的男生⋯⋯。後來我們就失去連絡了。前幾年，我才發現：她兒子和我小孩念同一所小學，我遇到她的時候，她在當導護媽媽，拿著旗桿保護低年級小孩過馬路，我感覺她完全變了一個人，她好像嫁到一個三重的本省家族，應該非常有錢吧？好像老公原是某間證券商，後來被更大的券商併購了，我感覺她怎麼變了。變得⋯⋯，像那種教養森嚴的日本大家族出來的媳婦，非常靜斂有禮，跟你分手時還會四十五度鞠躬，穿著的套裝嗎，或是身體、儀態的優雅壓抑，跟街上走的所有其他人，就是不同。」

有一瞬，他以為他們像幾隻剛從地穴中掘土而出的土撥鼠，——都老去了——湊聚在一起抖動著鼻側灰白的鬍鬚，瞇著眼嗅聞初春金色陽光裡，那

漩渦般隱約而逸失的某種腐爛花果的芬芳。

金克說：「那時我們都和張國玩在一起，張國上了成功，那個罩，風騷，我們都是靠他約女孩出來玩。但其實那時候約了女孩出來，也傻傻不知道要幹什麼？去碧潭划船啦，邀請女孩去聽音樂會啦。有一次，張國拿了盧玫寄給他的一封信給我看，裡頭就一張盧玫自己的照片，穿著短褲、T恤，也沒什麼特別的。一翻過來，照片背面寫著：『你想不想知道我短褲裡面穿什麼？』」

「靠！」幾個初老男人全壓低噪音激動起來：「真的假的？」

「真的。」金克說：「主要是欸那什麼年代吔，他媽電視只有三臺，好像錄影機還沒發明出來吧，而且也都才剛上高一，十五、六歲吧？」

如果這是西部片幾個老牛仔在說嘴比拚當年勇或豔史，他承認金克這一拳還真打中他的胃。他心裡說不出的酸楚和憤怒，靠，她的獵網撒得還真寬廣，連張國這種貨色也去沾。他腦中描圖了那個三十多年前，這今天不在

場那個，也常被矮子從整群沉默發抖的教室灰影中挑出像娛虐遊戲那樣貓爪子翻兩下，往大腿揍幾下，再像戲臺滑稽戲兩演員，逗趣地問他，回答的一定是出錯的，便再揍兩下。他想不起那麼多年前，這個身材高瘦（對了，現在回想，那是排球隊員的身材），眼珠有點凸，但有些像猴子縮頭咂舌的調皮男孩吧。

「但我記得盧玫剛上高中，燙了教官抓出行列邊緣的鮑伯頭，摘了眼鏡，變一個美人，那時她是在倒追陳厚。」黃允說。

「喔，那個陳厚，你們想我們整個國三那一年，誰會看出他是那樣一個狠角色？他上了建中，跟一群高三的橄欖球隊的混在一起，沒多久，就成了全校最大條的。聽說他之前在北港，是背著吉他袋裡頭藏長武士刀，去砍人家角頭的賭場，建中那些牛鬼蛇神，哪見過他這樣貨真價實的黑道？」金克說：「你們記得吧？國三他轉學過來，瘦瘦小小，戴個鎢絲框眼鏡，老實沉默，我都不記得矮子揍他時，他好像跟我們一樣裝龜兒子。哇矮子後來知道

他那麼狠、職業殺手，不是嚇到閃尿？」金克說。

賴志說：「有一陣他坐我前面，整天跟我說他在北港多壞，什麼他睡過二十幾歲的女人，殺過人，要調槍也不是問題，我都以為這樣子有妄想症，腦子燒壞了。」

金克說：「他後來建中被退學，是出了很大的事，這事當時還上了報紙頭版：我們一個籃球隊的學長，很壞的，我也一起打球認識的，他們跟陳厚一票一起混的。這個學長呢，喜歡上一個北么的，這個北么的她老爸是非常有名的律師。好像摸了這傢伙的底，總之不准他靠近他女兒，也找了一些幫派分子的大人。那天他們（律師老父和這個學長）約在一問咖啡屋談判，這學長呢，帶了七、八個兄弟一道去，陳厚也在其中。他們幾個在外頭把風，後來陳厚跟我說，『幹，什麼都不知道，正在外面抽菸，咖啡屋女服務生推門出來喊救命，說殺死人了。』那個學長，大約那老爸吼了他幾句狠話，掏出刀來刺了對方二十七刀，當場就把那律師老爸殺死了……」

他說：「對對，我都還有印象，當年社會新聞很轟動，什麼『建中學生殺死北一女友的名律師老爸』這樣一條大新聞。」

「這學長坐了三十年牢。陳厚他們幾個把風的，好像警局拘留了幾天，放出來了，當天全部被建中勒令退學。」

這個聚會要散攤時，他們果然為了誰買單，在吧檯前拉扯拉扯爭吵起來，咖啡屋的客人（都是一些面前放著一臺藍光屏幕筆電的年輕男孩女孩）詭異地看著這幾個老頭像泳池裡搶水球那樣胳膊架在對方臉頰上，大聲爭吵。

「沒這個道理，」他使勁摁住金克攥著一張千元鈔手爪，慌亂中他說：「你說出個理由讓你請，我就不跟你爭。」他想：人生如夢啊，我跟這幾個稱頭的老傢伙——一個外商銀行高層，一個上櫃公司大老闆，一個做精密儀器外銷的業務主管，還有一個美國人——我的人生跟他媽的他們一點關係也沒有啊。

金克大喊著，像是受了什麼冤屈，要這一屋子對三十年前的他們而言是科幻電影裡的背影人群評評理，他說：「好，就衝著矮子。或者，就衝著盧玟。就衝著他們兩個，好不好？」

字母會

陳雪

系譜學

G

系譜學

Généalogie

我是五代十國時期吳越國錢武肅王第三十五代正統嫡世孫，記得國小三年級的時候，還被中視邀請全家上一個叫「香火」的節目，那是專為介紹百家姓源頭的。

我母親懷我的時候檢查出是個女嬰，家族中掌有最大權力的太婆（我的曾祖母）因為長曾孫不是男孩而嫌惡我母親，竟設計將銀元放置我母親皮包內以誣陷她竊盜，經法院和解之後母親被迫離婚，母親娘家的人將她帶回景美家中待產，不久後以七個多月早產生下了我。那時候我爸爸正在高雄陸軍官校讀書，還不知道家裡發生了這些變故。

一九七〇年（民國五十九年）八月七日，我出生於臺北市南昌路一段的婦幼醫院，因為是個女嬰，我太婆下令遺棄，七個月早產體重只有一千七百公克的我，又有嚴重的黃疸脫水，命在旦夕，但祖父想要救活我，違背太婆的遺棄指令，天天在床榻前照顧，用滴管餵食我喝牛奶，將我轉往臺大醫院

搶救，醫生發了三次病危通知，宣布放棄救治，我祖父苦苦哀求，希望讓我繼續治療，或許是因為祖父與祖母的細心照料，或許因為我命不該絕，奇蹟似的我竟然轉活了過來。

在祖母的呵護疼愛之下，四個月的我長得白白胖胖模樣甚是可愛。十一月祖母計劃將我把帶到美國紐約跟她一起生活，但太婆不知從哪裡得到消息趕來，看見我長得很像她一手帶大最疼愛的長孫，也就是我爸爸，當下她就決定要將我帶走，不顧祖母的殷切哀求，就像當年帶走她的大兒子就是我父親那樣，太婆便將我一把抱起走進黑頭官車揚長而去。太婆為我取名為囡囡，對我百般呵護，幾乎像是我的母親般地撫育我長大，太婆是個奇女子，她原籍浙江嘉善，出身名門之後，父親於清末曾任水師將領，在太婆四歲那年作戰身亡，由持家嚴謹的母親撫養長大，太婆自幼聰敏好學，成年後之後嫁給太公，太公身獻北伐抗戰，歷任各種軍職，抗戰初期積功晉升少將，而後曾任國防部總務局中將局長、東南軍政長官公署總務處中將處長、行政院

組長、總統府中將參軍長、總統辦公室主任、嗣奉層峰聘為國策顧問。太公於民國六十年九月逝世，整個家族的重擔便由太婆一肩扛起。

當時我年邁的太公雖然貴為上將國策顧問，卻總是屈服在太婆的強硬決定下不能反抗，但抱著我這個小曾孫女心情依然非常雀躍，不久後我父親也趕回家來探視，這時他才知道妻子已經離開，雖然他仍愛著我母親，卻不敢忤逆太婆的心意，或許也因此種下他日後不斷追逐愛情刺激卻始終無法信任愛情的種子。

年僅二十四歲的他其實自己也還是個大孩子，但他非常寵愛我，太婆因為綠卡問題一年有一半時間須待在美國，我是他們兩個輪流照顧的，雖然家裡有傭人，但爸爸每晚總是在我床邊哄著我入睡，太婆回臺灣的時候就是我跟太婆睡。

我爸爸跟我爺爺一生都在戀愛，我爺爺的第一個太太，就是我的親奶

奶，生了我爸爸以及我叔叔，第二個太太是個外國人，沒多久就離婚了，第三個太太就是蘇菲亞，她生了我姑姑以及我小叔叔，第四個太太，叫作Eva，哥倫比亞大學企管碩士畢業，非常厲害的女人，聰明過頭，想要爭產，反而就被設計離婚了，之後我爺爺都在找老婆，找了六年，找到他去年八十一歲過世。

他跟我爸爸一樣，一生無數的女人，但是走的時候，卻是孤孤單單地死去，人家說少年夫妻老來伴，爺爺跟爸爸娶過那麼多老婆，交過那麼多女朋友，卻沒有老來伴。難道男人走到這一步才會高興嗎？我不知道，我不瞭解男人，妳對他好的時候，他覺得是應該的，等到妳死心了，他又回過頭來求妳，等妳原諒他了，他又故態復萌。這樣幾次下來，他知道妳很好對付，他就不會在乎妳的眼淚，妳的吵鬧，什麼都不在乎，等到妳離開他了，他又回過頭來告訴妳，他很懷念妳，妳對他很好，這是為什麼呢？女人也是這樣，女人也不能寵，交過這麼多男朋友，我也會拿翹，也會求饒，難道這是遺傳

嗎？我常想，如果我是男的，我可能會娶不止六個老婆吧！

爸爸很奇怪，他似乎沉迷於把一個女人追到手然後娶回家之後便失去興趣這樣的過程，他喜歡戀愛，對於他想要的女人會不顧一切地追求，送花，看電影，送貴重禮物，在大雨滂沱的夜晚等待，一切妳想像得到類似瓊瑤小說的浪漫情節他都做得到，戀愛的時候他非常多愁善感，愛哭愛笑，整個人散發出無比的光熱，著魔似的，發狂一般，為他心愛的女人可以做出任何事情，而且他不但沉迷於戀愛與追逐，他還一定要把人娶回家當老婆，就這樣，連同我親生母親在內，他一共娶了六任太太。我還記得他曾經熱情地追求過一個女人，後來被甩了，他就天天在家裡唱劉家昌那首〈在雨中〉，唱得我都會背了。到現在我只要聽到那首歌都會想起爸爸為了愛情又哭又笑的傻樣。

從小看我爸爸跟爺爺那個樣子，讓我對男人很寒心，男人愛妳的時候，

天上的星星都可以為妳摘下來，但是千方百計娶了妳之後，卻把妳放在家裡冰著，不想要妳的時候就像趕一隻骯髒的流浪狗避之唯恐不及。我更不想嫁進豪門，我親眼看過那些奶奶、小媽們一個一個怎樣從漂亮的大閨女變成成天喝酒打牌的怨婦，我三奶奶後來玩星期五餐廳玩得很凶，把錢拿去養小白臉，後來離家了，我有幾個後媽酗酒很嚴重，有的還有憂鬱症。

我認識過企業家第二代的公子哥，也曾被家人逼著與他結婚，但或許這是我的陰影，我就是不敢踏進這樣的世家豪門。但我自己的婚姻卻是在奇怪的情況之下開始與結束的。

◆

三十三歲那年，與交往多年的男友分手，我辭掉了任職五年的記者工

作，搬出與男友合買的公寓，網路上快速租屋，我與另外三人分享一個公寓，五坪的小套房，狹窄衛浴，蓮蓬頭就掛在馬桶正上方，月租六千五，我身上只有三萬元存款，用來繳交房子的押金租金搬家費幾乎不夠。

一切歸零。

為了謀生，我幫人代筆寫自傳，寫過一本過氣息影的女明星，寫過一個的剛卸任的官員，兩本書都沒出版，女明星是因為閃婚後想洗心革面，決定不再提及往事，卸任官員則是因為又有新任職位，不宜舊事重提。這兩本書都沒完成，但我都拿到案子頭款，兩本加起來八萬元。我就繼續無業生活。整天關在套房工作，夜裡就到附近的麵攤吃宵夜喝啤酒，有個老同事偶而陪我，一次酒後我們上了床，之後我不再找人陪了，自己買酒回家喝。我與男友也是酒後一夜情開始，或許他根本不曾愛過我。

夜裡睡不著，我就套上球鞋去慢跑，有時跑得把宵夜都吐出來了。但

我沒哭沒鬧，我的世界突然靜默了，沒什麼好說，沒什麼可說，沒什麼能夠說出口。我寧可聽。我經常把傳主的錄音帶拿出來反覆播放，人們喃喃訴說自己，那訴說的聲音與內容使我感到自己人生的渺小，使痛苦變得不那麼銳利。

接下第三個工作，正好辭職半年，第三個傳主姓錢，是個與我同齡的三十三歲世家千金，她帶著自己寫好傳記開頭兩千字與故事大綱，一家一家出版社洽談，案子輾轉來到我任職於出版社的大學同學手上，他知道我生活困窘，找上了我。我雖然納悶不是名人的錢小姐為何要寫自傳，但編輯好友說：「她長輩曾是黨國大老，家世顯赫，身世離奇，她說這自傳可以改編成電影，已經找到媒體大亨洽談電影版權，而且她可以自費出版」，我不是為著這些理由，這個夏天我失戀，缺錢，正在等待人生出現曙光，錢小姐開價十萬，一簽約就付現，光是這股爽快，我都沒多想就接了。

第一次訪談，在鬧區一棟警衛森嚴的大樓，我依約帶著錄音機筆記本前往，她開門讓我進屋，挑高四米二的客廳寬闊，室內擺設裝潢簡約高雅，打理得一塵不染，兩隻波斯貓一白一藍，一隻金黃貂，貓與貂都安靜得像是玩具一樣。錢小姐要我喊她娃娃，雖有肉麻之虞，敬業與好奇作祟，我乖順應允。

我們兩是極端的對比，她高瘦，我矮小，她是外省豪門，我是本省窮酸，她長得明豔動人，我瘦弱平凡，唯一相似的是，在這偌大城市裡，我們都是孤獨一人。

每週兩次，我依約到達她的住處，正式錄音兩小時，過後她會請我吃飯，非正式談話再兩小時，她對我推心置腹，引為知交，幾次見面後，就在夜裡給我打電話，說是恐慌症發作，要我陪她去急診。因為敬業或某種我不知悉的原因，我都照辦。

凌晨三點的三總急診處，離我住的地方好近，走路就到達，她一臉蒼白，在病床上打點滴，素顏時像極某港姊出身女藝人，驚惶的大眼圓睜，像被什麼嚇著似的，她說近來每個星期都發作，氣悶胸痛，像有人壓住心口不讓她呼吸，病床上她拉著我的手，纖瘦的十指潔白，指甲修得完美，手腕細可見骨，那時她一六五公分，只有四十三公斤。

她對我敘述的故事許多漏洞難以填補，二十五歲到三十歲有某些時光連綴不起來，那段日子似乎與家人離散，日子過得並不好，但至少有個工作，在祖父當董事長的金控公司上班，她說當時在公館租個小套房，獨居的寂寞與在世家裡的孤獨並不一樣，更吞噬人，她因此染上了酒癮。

我曾懷疑過她的身世，也無從查證，但她的長相、穿著、日常用度、行為舉止甚至連她舞動手指的方式與我曾結識過的人都不相同，即使她是個菸槍、酒鬼，說話聲調語氣都像男孩，然而她白皙無暇的皮膚、儀態穿著的

優雅，甚至只是修剪指甲的方式，都像是過慣了好日子，且在嚴格管教之下成長的好孩子，這大概就是所謂的家世或教養罷。大學之前家裡都有管家司機跟傭人，私立小學一路讀到高中，沒經驗過一天的貧窮。

她的故事離奇，簡直離奇過分，典型大家族悲歌，四個祖母，六個母親，爭產奪權，上演大紅燈籠高高掛的戲碼，我倒不覺得她瞎編，見識過她的闊氣與寥落，可以想見過往人生好夢惡夢都上演，我遇見她時，家中掌權的太婆、最疼她的祖父、管教她的祖母、愛恨交織的父親、吸毒的小弟，都已死去，只剩下被逐出家門的母親遠嫁日本，第一次婚姻留下的女兒與前夫同住，曾經居住的豪門深院已經變賣，四年內死去四個親人，她現住的小豪宅是租來的，據說繼承了三千萬遺產，目前只拿到五百萬現金。

我喊她娃娃，她叫我小妹，有點姊妹情深的意味，然則我心中沒有浪漫想法，反而像是探向一個深淵，我愈是深入她的故事，愈能遺忘狼狽的自

己。

我從未對她吐露自己的故事，不知是因為與工作無關，或者我還沒有能力回顧，交往五年的男友劈腿，我以為自己可以諒解，但最後他沒選擇我。我沒法在報社工作，因為他就是我的同事。我太好強，愛情我選擇無望，放棄工作也是一種選項。

娃娃的家族史對我太陌生了，像是看一齣與我無關卻破綻百出的電視劇，我反覆聽錄音，記筆記，仍未找到可以寫成一本書的核心，她的現在式在我眼前上演，我們形成一種奇怪的結盟，她是傳主，我是寫手，白日裡她帶我上街、吃餐廳、上酒館、SPA美容，買禮物給我，出手闊綽，簡直像是男人帶女人出門，夜裡，她約我去喝酒，去的都是牛郎店。

我觀察她，基於職業需要，我陪伴她，出於難以理解的原因。

那可能是一種代償心理，彷彿我參與她的人生愈多，對於那本不可能

寫得精采的自傳就可以減少虧欠。我無法將她的故事改寫成更為動人的版本，不知是不是個人的成見作祟？每週兩次我仍煞有其事地帶著錄音機到她家，她為我熬雞湯，教我化妝，買衣服首飾為我打扮，夜裡的牛郎店，男人圍繞我們，她跟男公關們划拳喊酒，我則在公關帶領下舞池裡學跳恰恰，我們在女生廁所裡相遇，她野著醉眼逼近我，用手扶起我的下巴，輕聲說：「若我是男人，我就娶妳。」我笑笑推開她的手，倒不是因為我對女人不感興趣，而是我知道她連自己都照顧不了。

那個夏天，過著我三十三歲生命來最揮霍的生活，我為她錄下十卷卡帶，寫下五萬字草稿，最後的相處，夏日盡了，我陪她去婦產科墮胎，她那個牛郎店的小男友長得像歪斜版王力宏，在一旁眼睛紅紅像剛哭過，她曾跟我說她絕對不會包養他，但實情卻是幫他買了名車、名錶，一個月包檯花去上百萬，我沒多說什麼，手術結束，男友回牛郎店上班，我跟娃娃去永康街高記吃飯，我點了雞湯給她補身體，想起過去我們總來這兒逛街，想起她總

是熬湯給我喝，想起我從未對她訴說過自己，但我愈是深入挖掘她的歷史，卻發現我的過去像個錯誤的影子般斜斜映出，我也曾跟男友到婦產科墮胎，那時，我以為是為了兩人更自由的將來忍痛做的選擇，卻不知道當時他已經另有對象。

那天之後，娃娃不曾再找我，只偶而傳來簡訊，說搬了家。我透過朋友與前男友達成協議，一百萬了斷房子的所有權與情感糾葛，我搬離分租小套房，到我幫忙寫傳記的出版社全職上班，繼續幫各式各樣的人物寫自傳。

新住處位於四十年歷史的國宅三樓，整片建築就在馬路邊，ABCDEF六棟樓房自成一區，大隱於市，狹窄的樓梯，每層兩戶，每戶只有十坪的小格局，月租八千元，一房一廳一廚一衛，破舊狹小，卻是我新生活的開始。

社區裡什麼都有，早晨有市場，附近有小吃店跟麵攤，我買了腳踏車代步，窩居在這社區就足以滿足生活所需，隔開外在世界，我不再夜裡喝酒

了，慢跑時間改到健身房進行，我在健身房認識一個男人，偶而我們會約會，一切都很溫和，還沒到熱戀的程度。

半年後娃娃出現了，氣色暈紅、臉頰豐潤，我們倉促喝杯咖啡，她草草說起自己的生活，遺產被親人侵吞，她從豪宅搬到內湖出租小公寓、戒菸戒酒，回證券公司上班，正在跟一個師父修行，不再過夜生活了。分別前她要我把自傳的手稿、錄音、筆記全毀掉，笑說：「師父說，要放下。」她只要求我寄回一張她的全家福照片，回家後我依約照辦，卻私自留下了電腦裡已經完成的幾萬字草稿。總覺得來日她可能會後悔來要。

分別後我看她融入街頭的人群裡，還看得見她的高䠷，背影卻已不再那麼醒目。我看著地上自己碎碎的影子，獨居生活，把我的輪廓磨得和緩寬闊，我終於如願變強壯了。

收到前男友輾轉寄來的喜帖，我感覺酒癮犯了，還是忍。婚禮那天我沒參加，半夜裡還是跑去買酒回家喝，拉開啤酒扣環的聲響，使我想起那些牛郎店的夜晚，我從不曾真的喝到茫，想起娃娃，忽然胸口堵著，一口氣上不來，彷彿也要發作恐慌症，然而我忍下了，只化為淺淺哭聲，河流般從體內湧出，聲音由小漸大、我哭得聲嘶力竭。

天光大亮時終於哭完所有悲傷委屈，呼出一口濁氣，覺得舒坦了。我想娃娃大概就是為了躲避這些，才跑到牛郎店買醉找愛。那一段與她共度的時光朦朧，卻難以忘懷，過了這麼久，我才知道，表面上是我陪伴她，實則是娃娃救了我，因為忙碌於梳理她混亂的人生，我才沒有在那個夏天自殺。

字母會 G 系譜學

潘怡帆

評論

Généalogie

系譜是關於誕生的細說重頭，然而這也意味著爬梳起源之人已然誕生。尚未與已然的弔詭使「訴說起源」成為自己對自己的接生，那是同時對過去與未來的觀看，亦是文學創造的開端。

系譜學是對出生的驗證，在駱以軍的安排下，它成為滅口的絕佳武器。主角「他」應邀參加「同學會」，與陸續走入咖啡屋的業務主管、外商銀行高層、上櫃公司大老闆、美國人……共同編纂起三十年前的「三年一班教室」系譜學。記憶碎片嗶啦作響，撞擊出的火花讓日常咖啡館裡謎霧蒸騰，過去國中校園的建築幢幢驟然拔升，將他們攏入回憶中。一時間，塵封的綽號恢復原有的意義，人們恢復了原有的面孔，尋回當時的心靈：一群同樣因為凶殘導師而駝背哀傷的男孩女孩。於是，主角「他」帶著隱約卻已變得可以忍受的陌異感，與不再是自己生命中的關係人重新密謀著他們一度交錯的複瓣時間。隨著每一次的點名、一段經歷或一次插曲，他們的生命以更結實的方

式交織，交換著不斷壯大各自生命可信度的大量訊息流：詹偉臺大醫科畢業後拿了毒物學博士、余守在長庚、徐景去了臺積電……他人的經歷不斷被轉載移入自我歷史的版圖，使自我更加屹立不搖地在場。在這幅新編的系譜學版圖裡，眾人被逐一生下，除了從一開始就乏人問津的主角「他」。他們通過「不熟、沒印象、沒玩在一起、不記得……」一點一滴地否決關於他的回憶，使他成為那唯一沒有語言可以把自己重新生下來的純粹（與無法追溯的）過去。誠如駱以軍所言：「關於『錯誤』的多難度系統模型重建。無法追蹤其單道、曲率、運動軌跡、動能在何時消失。」主角「他」此時此刻的在場因為「他不在場」的過去而開始萎縮，通過新編的「三年一班教室」系譜學，眾人把主角「他」的過去剔除在外，消除了「他」的誕生時刻。主角「他」於是在系譜學的編纂下成為無法查證的匿名／失蹤者，因為當時他已不存在。

倘若駱以軍用無人知曉完成系譜學的「殺人」，那麼，童偉格則是誕生

成未來的「他者系譜學」。與駱以軍小說中的「他」雷同，童偉格的「他」也是無身分可查證的匿名者。然而，有別於駱以軍「他」的消失，童偉格的「他」通過友／有人的「實像，某種程度構成了他」。因而，主角「他」刻劃朋友（熊與憨雞的歷史），使「他」誕生，如同維柯《新科學》裡刻劃的意涵：把他們當作自己的糞便，滋養腳下的土地，並讓他自己長成巨人的硝酸鹽。系譜的構成原來不仰賴對自身過往的追溯，而是對他者的追溯，說明了有他者，就說明了自己。如同友人能誕生於母親推開房門望見他的時刻。因而在友人到來前，主角「他」永恆地處於一無所知的未來之中。主角「他」由是如同友人所生下的嬰孩，然而，那亦是出生即永別與無法指認的嬰孩。童偉格說，給初生兒的見面禮「亦是某種永別的起始」，因為祝賀誕生的禮物其實暴露出收送雙方對彼此的無知，禮物如同鴻溝隔開他與嬰孩。誕生禮於是成為他餽贈給初生者的唯一一件遺物，它標誌了嬰兒的誕生，亦證實了他與誕生之外再無其他關係。通過友／有人，構成主角「他」，然而從此往後，主角「他」

做為友人的唯一一件遺物，只能通過自己所是去勾勒生下他的友人，誠如小說提到，「認得一名朋友的意思是：關於這名朋友，他所能記得的。」生下主角「他」的友人其實源自於「他」對友人（熊或憨雞）各自生活世界的追憶，是想像而非真實的在場。「他」因而是雙重想像的造物，通過「想像」朋友而構成對自我的「想像」。主角「他」的系譜因而總已是面向他者的，他者既無法被鎖定為友人熊，亦無法被友人憨雞的成長史限定，而是一再誕生自他們之中，汲取他們故事養分而構成的「境外之人」。

敘述者「我」與女友小如在十八歲那年重演父母的歷史，黃崇凱從看似重複的歷史追溯中衍生分歧，系譜學因而成為差異誕生的起源。歷史以文字（或更早透過語言口述）記錄過去事件，白紙黑字地固定住歷時發生之事。不過，歷史的疑難不在於事件的存在與否，也不在於敘事或觀察角度的引薦，而在於固定性並不是文字的唯一特性。無論是望文生義、歧義、複詞、

引申、注疏……都暗示著文字的變異特質，文字較是衍生變化而非固定事件。變化源自於變與不變的更迭，不變因此可以視為構成變化的特性之一，成為內在於變化中的一環。然而，固定不變有別於變化，它無法以變化為特質，連續的變化構成運動而非不變，是變化的一再發生而非沒有變化。此即文字的恐怖主義，一旦文學從中辨識出文字的變異特質，則文字再無可能返回素樸的固定性，從此墜入變異的永恆回歸。以文字記載歷史，與其說是重複過去，毋寧更接近一門未來學的構成。也許更鄰近於記述歷史的目的在於訴說以便逃離，逃離曾經犯下的錯誤、已有的嘗試或已知的命運，因而說歷史是為了孵育差異，為了從過去之中分歧出未來。黃崇凱的小說並置父親母親、敘述者「我」與小如的歷史共時性：我和小如在父親母親生下我的同年（同樣年歲）同月同日發生關係。歷史由是鏡像地啟動，乍看重複父親母親歷史遭遇的「我」與小如其實以雙軌反向（向後向前）而運動，誠如小如所言：「你爸媽十八歲生你，要是我們也十八歲生小孩，你覺得接下來會怎

樣?——我要是懷孕,一定會拿掉小孩。而且我絕對不會告訴你。」通過敘述者「我」與小如的結合使父母的歷史被重複,他們共同生下父母的歷史,使過去的歷史肉身化在場,然而,小如的決定指出了歷史重蹈覆轍的不可能,因此,重新誕生(父親母親)的歷史總已偏離過去所是,而更鄰近於一再遷移的文學異質性(敘述者與小如),成為對命運/系譜定義的一再逃離。

黃崇凱通過現在(敘述者與小如)把過去(父親母親)的歷史重新生下來,倘若這是系譜的依序互生,陳雪的系譜學則是雙重對生的,是平行宇宙的同步發生與相互牽引。小說環繞著兩位同齡女子:世家千金與赤貧的代筆作家。相仿的孤獨緊扣著往不同方向長出的兩種世界景觀:金碧輝煌與家徒四壁、外省豪門與本土窮酸、明豔動人與瘦弱平凡。雲泥異路經由代筆譜寫出琴瑟和鳴,毫無關聯的兩個世界勾連成形影不離的單一空間,誠如千金所言:「我自己的婚姻卻是在奇怪的情況之下開始與結束的。」千金的婚姻象

徵著她和小說家「永結同心」的合體，從此之後的小說不再是千金獨白的空間，而是一人雙聲地從其生活中溢出影子的聲音。代筆作家開始說話，即使她觀察或描述的仍然是千金的生活，卻總是從瞳仁裡折射出自己同樣歪曲的生命：「我的過去像個錯誤的影子般斜斜映出。」如同「締結婚姻」意味著承認與繼承彼此的所有，她們化身為彼此，亦合二為同一人。隨著朝夕相處，寫手取代傳主的聲音，傳主鑽入寫手的皮囊。在家徒四壁的寫手內心塞滿傳主的金碧輝煌，她們像雙生樹般繼承彼此的系譜，為各自近乎絕境的生命疏通另一條活路。作家通過傳記書寫繼承了傳主的身分，使傳主從家族系譜的禁錮中獲得最終的解放，如同把國王長驢耳朵的祕密傳入地洞而從祕密中解放的理髮師，祕密一旦被他人繼承，傳主便能卸下家族史的重擔，墮掉那意味整個家族命運（追逐愛情卻始終無法信任愛情）的胎兒，展開另一種人生。代筆作家馱起傳主過去的包袱，如同基因般織入她的下一段說書。於是，系譜以小徑分岔花園的方式延續脈動，在語言的傳頌間梭行。人們由是熱愛故

事，那是血脈中對於似曾相識系譜的共振，熟悉的情感使人熱淚盈眶，卻從此不再真正受傷。因為事已易主，歷史逐一被修築入小說的系譜學中，那裡，一切盡由虛構概括承受。

陳雪的系譜學通過千金與作家裂解成歷史與小說的雙聲合唱，顏忠賢的系譜學則使這兩股聲音合二為一。小說拾撿事件殼屑，縫綴巨幅歷史的錦被，滴涓蓄成洪流仰賴著想像的推力，它比對事件之間的缺口，補上佚失的構件，仿造內情與原由，為事件鏈串系譜。歷史因而閃耀著想像的光暈，一旦失去想像，歷史便如同蟬蛻，只是失去靈魂的人偶，逼真的死物。這是何以必須由小說上場，使死者從地獄門前返轉人間。顏忠賢的小說描述一對雙生姊妹，循規蹈矩的姊姊與在人世中異化的妹妹。奇異的是，顯眼的妹妹在小說中幾乎不掌握話語權，描述與定義的決斷掌握在姊姊對妹妹既隱忍又憤怒的口吻裡：「一身刺青的她妹妹永遠就像一場惡夢……對她而言，對小時

候的老被欺負的她而言……」充滿情緒的語調，並不客觀或公允的揭露，貼滿標籤、重塑與畫皮後誕生的她妹妹：更好強、更尖銳、更敢、更野生、更世故、小太妹般的肆虐、蹺課、蹺家……妹妹以布滿刺青的身體成為他者，姊姊透過描述，把妹妹如經血般排出血緣的系譜之外，使她成為與家族不同的另一種生物。觀察不是為了接納妹妹，而是為了控訴她是何等地難以歸納，何等的有別於她：「我雖然看得很清晰心中卻完全沒有想挽救她。」然而，姊姊最終會發現需要被挽救的不僅止於妹妹，還包括自己：「我不也應該是那個出事的人嗎？」通過馴良中年大叔替正常肌膚卸妝露出刺青身體的故事，姊姊脫下人皮，化身成另一頭紋滿繁複線條的青銅古獸。讀者赫然發現，姊姊通過妹妹的故事爬梳自身的歷史。歷史與小說原是虛實莫辨的血親，小說是粉墨登場的姊姊，卸了妝便還原成遍布砂礫孔洞的歷史經脈，那是更凶猛、野蠻、血淋淋卻缺乏語言體系的妹妹，亦是必須塗牆抹粉之後才能張口說話的姊姊。歷史由小說構築系譜，這原是自身對自身誕生史的訴說，是小

說對歷史的附靈，亦是歷史的誕生時刻。

胡淑雯的系譜學源自於水災現場救回的三張老照片。枯黃乾癟的照片被勃發洪水泡發膨大，幾近遺忘的記憶被喚回現場：關於照片中的缺席者父親。照片的故事誕生於照片外的歷史，那不在照片中的事件。照片因而是欠缺之物的貯存，但卻不是歷史物件，而是一再指往彼方，對歷史的凝視。照片與其說是歷史證據，毋寧更是歷史殘骸，前者以在場訴說在場，後者以在場為不在場之物空出缺位。照片因此不是有圖有真相，而必然是看圖說故事，如同不知情者為照片填入別種故事，向監獄裡報訊的寒傖照片，蛻成當時富裕人家時興的肖像紀念照，中學教師的父親化身專賣內衣褲的攤販與開計程車的痀僂司機。意氣風發的岳父是連上廁所都需要舉手通報的「土人」，父母年少輕狂的愛欲積累成填滿怨言的一只枕頭。照片宛如稜鏡，將攝入的原色光析解成彩，使眼球錯認五彩斑斕即光的模樣，卻遺忘那不可記憶／認

識的無色之光。敘事者於是說：「我不相信，太誇張了，爸爸騙人」，嘗試從自己出生之後的歷史還原出那已不復存於稜鏡的元光，從故事的「後來」追尋那射入稜鏡的第一道光，從被蛀蟲咬壞的殘破時間中補綴珠光。於是，外公的精疲力竭裡疊加上火燒島的紋身，父親不僅是父親，亦是為那漂亮女孩失魂落魄而燙傷舌根的林新雨，母親不只是沉默，同時是那曾用雪白胸脯把愛國軍歌唱得起起伏伏的百媚阿雪……身分的疊加使誕生前的系譜回溯從來不是原路遣返，而總已繞經重複誕生的折射與再折射，如同「那三張照片曾經飄洋過海抵達火燒島，陪著外公度過十幾年的苦役，再返回那竟然沒有離散的家，傳遞給女兒，在水災裡倖存下來，再遞給女兒的女兒，有了複製與分身」。照片的複製（電子檔）與分身（照片護貝）使它脫離歷史時間的再現，成為對已逝歷史的凝望，一如父親通過女兒身上的大衣，遙遙凝望昔日妻的年輕身軀。水災裡的照片是系譜的起源，必須吸飽故事才使照片從乾癟轉而立體，必須注入後代的血肉使歷史從風乾轉而具體，系譜學意味從自我的肉

身中指認已不在場的青年父母、年少外公外婆或甚至更早的時刻，是從消失之後啟動的小說時刻。

六位小說家在作品開闔間創造了系譜的故事，使小說從歷史之核中，誕生。

作者簡介

◉策畫

楊凱麟

一九六八年生，嘉義人。巴黎第八大學哲學場域與轉型研究所博士，臺北藝術大學藝術跨域研究所教授。研究當代法國哲學、美學與文學。著有《虛構集：哲學工作筆記》、《書寫與影像：法國思想，在地實踐》、《分裂分析福柯》、《分裂分析德勒茲》與《祖父的六抽小櫃》；譯有《消失的美學》、《德勒茲論傅柯》、《德勒茲，存有的喧囂》等。

◉小說作者（依姓名筆畫）

胡淑雯

一九七〇年生，臺北人。著有長篇小說《太陽的血是黑的》；短篇小說《哀豔是童年》；歷史書寫《無法送達的遺書：記那些在恐怖年代失落的人》（主編、合著）。

陳雪

一九七〇年生，臺中人。著有長篇小說《摩天大樓》、《迷宮中的戀人》、《附魔者》、《無人知曉的我》、《陳春天》、《橋上的孩子》、《愛情酒店》、《惡魔的女兒》；短篇小說《她睡著時他最愛她》、《蝴蝶》、《鬼手》、《夢遊1994》、《惡女書》；散文《像我這樣的一個拉子》、《我們都是千瘡百孔的戀人》、《戀愛課：戀人的五十道習題》、《臺妹時光》、《人妻日記》（合著）、《天使熱愛的生活》、《只愛陌生人：峇里島》。

童偉格

一九七七年生，萬里人。著有長篇小說《西北雨》、《無傷時代》；短篇小說《王考》；散文《童話故事》；舞臺劇本《小事》。

黃崇凱

一九八一年生，雲林人。著有長篇小說《文藝春秋》、《黃色小說》、《壞掉的人》、《比冥王星更遠的地方》；短篇小說《靴子腿》。

駱以軍

一九六七年生，臺北人，祖籍安徽無為。著有長篇小說《匡超人》、《女兒》、《西夏旅館》、《我未來次子關於我的回憶》、《遠方》、《遣悲懷》、《月球姓氏》、《第三個舞者》；短篇小說《降生十二星座》、《我們》、《妻夢狗》、《我們自夜闇的酒館離開》、《紅字團》；詩集《棄的故事》；散文《胡人說書》、《肥瘦對寫》（合著）、《願我們的歡樂長留：小兒子2》、《小兒子》、《臉之書》、《經濟大蕭條時期的夢遊街》、《我愛羅》；童話《和小星說童話》等。

顏忠賢

一九六五年生，彰化人。著有長篇小說《三寶西洋鑑》、《寶島大旅社》、《殘念》、《老天使俱樂部》；詩集《世界盡頭》，散文《壞設計達人》、《穿著Vivienne Westwood馬甲的灰姑娘》、《明信片旅行主義》、《時髦讀書機器》、《巴黎與臺北的密談》、《軟城市》、《無深度旅遊指南》、《電影妄想症》；論文集《影像地誌學》、《不在場——顏忠賢空間學論文集》；藝術作品集《軟建築》、《偷偷混亂：一個不前衛藝術家在紐約的一年》、《鬼畫符》、《雲，及其不明飛行物》、《刺身》、《阿賢》、《J-SHOT：我的耶路撒冷陰影》、《J-WALK：我的耶路撒冷症候群》、《遊——一種建築的說書術，或是五回城市的奧德塞》等。

◉評論

潘怡帆

一九七八年生，高雄人。巴黎第十大學哲學博士。專業領域為法國當代哲學及文學理論，現為科技部人文社會科學研究中心博士後研究員。著有《論書寫：莫里斯．布朗肖思想中那不可言明的問題》、〈重複或差異的「寫作」：論郭松棻的〈寫作〉與〈論寫作〉〉等；譯有《論幸福》、《從卡夫卡到卡夫卡》。

字母會——A——未　來

A COMME AVENIR

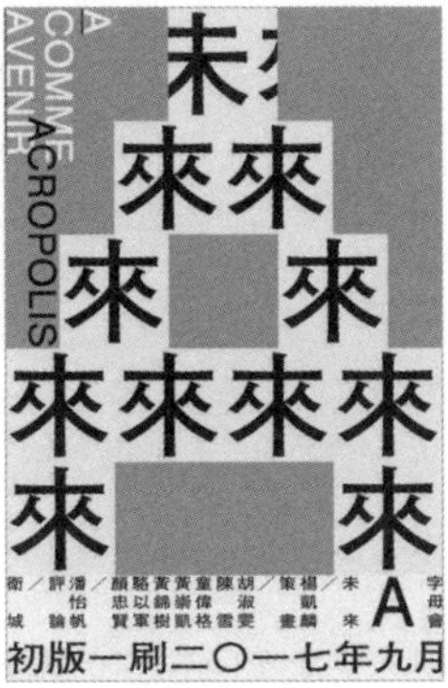

除了面對尚未到來的人民，
不知書寫還能做什麼？

未來意味著與當下的時間差，小說家必須在時間差當中飛躍，以抵達眾人尚未抵達之地。黃錦樹以馬來半島特殊的鬥魚，從物種面臨的殘酷生死中，反應人對死亡的恐懼；陳雪描述生命的故障與修復，有未來的人也是會邁向死亡的人；童偉格描述死亡無法終止記憶，甚至成為一再回溯的萬有引力，陳述人邁向未來之重；胡淑雯以童年的結束，描述未來是如何開始的；顏忠賢筆下的人是在荒謬與無謂的等待狀態中被推向未來；駱以軍以旅館的空間隱喻死後的場所；黃崇凱則將人類移民火星的未來新聞化為事實。

字母會——B——巴洛克

B COMME BAROQUE

一種過度的能量就地凹陷成字的迷宮

迷宮無所不在，無所不是，巴洛克以任一極小且全新的切點，照見世界各種面向，繁複是因為它總是在去而復返，它重來卻總是無法回到原點。童偉格以回覆眼鏡行寄來的一張廣告明信片，建構記憶的迷宮；黃錦樹以一如謎的情報員隱喻殖民地被竊走與被停滯的時間，所有的青年從此只是遲到之人；駱以軍以超商、酒館、社區大學與咖啡館等場所，提取人與人如街景的關係，無關就是相關；陳雪的盲眼按摩師從一個身體讀出一生曾經歷的女性；胡淑雯在一起報社性騷擾事件表露各說各話的癲狂；顏忠賢描述人生就是一齣恐怖與不斷出差錯的舞臺劇，只能又著急又同情；黃崇凱則揭開一場跨年夜企圖破紀錄的約炮接力，在迷宮中的回聲不是對話，而是肉體與肉體的撞擊。

字母會——C——獨　身

C COMME CÉLIBATAIRE

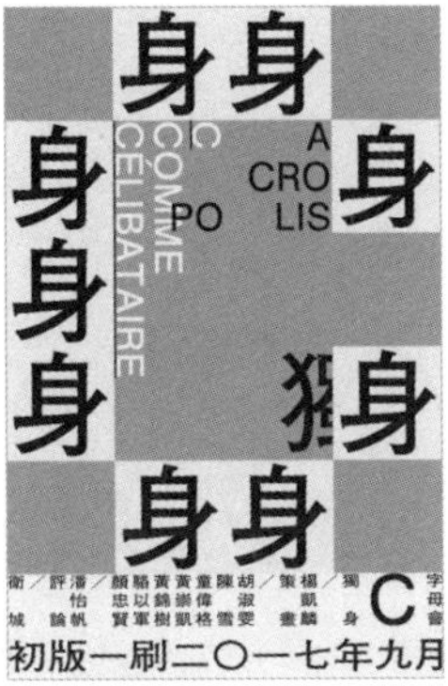

當我們感受到孤獨這個詞要意味什麼，
似乎我們就學到一些關於藝術的事。

文學的冒險，觀照一切孤獨與難以歸類之物，意味著書寫與閱讀的終將孤獨。黃錦樹敘述遁隱深林最後的馬共，戰役過後獨自抱存革命理想；童偉格將一個人拋置於無人值班的旅館；胡淑雯凝視女變男者的崩潰與自我建立；顏忠賢以猶豫接下家傳旅館與廟公之職的年輕人，描述一個很不一樣的天命；駱以軍以如同狗仔隊偷拍的鏡頭，組裝人生一場場難以寫入小說的過場戲；陳雪描寫小說家之孤獨，看著現實人物在他的故事裡闖進又闖出；黃崇凱以香港與臺灣兩個書店老闆的處境，假設一九九七年香港與臺灣同時回歸中國，書店在政治之中成為一個孤獨的場所。

字母會——D——差　異

D COMME DIFFÉRENCE

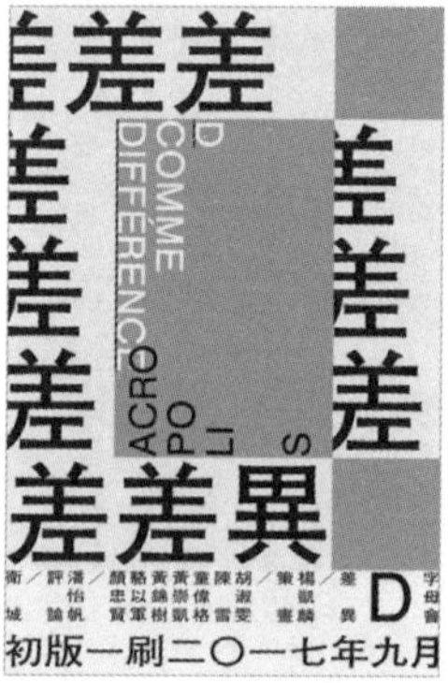

必須相信甚至信仰「有差異，而非沒有」，
那麼書寫才有意義。

差異是文學的最高級形式，差異書寫與書寫差異，使得文學史更像是一部「壞孩子」的歷史。顏忠賢從民間信仰安太歲切入，描繪安於或不安於信仰的心態；陳雪在變性與跨性別者間看見差異與相同；胡淑雯以客觀與主觀兩種口吻，講述同一次性義工經驗；黃崇凱提出電車難題的版本，解答一則主婦與研究生外遇的結局；駱以軍從一對老少配，描述遲暮的女體之幻影如外星偵測；黃錦樹寫革命分子戰爭殘存的斷臂仍書寫歷史不輟，而後蛻化再生；童偉格以最後一個莫拉亞人的經歷，在悲傷的滅絕中仍保持擬人姿態。

字母會——E——事　件

E COMME ÉVÉNEMENT

小說本身便是事件，
小說必須讓自身成為由書寫強勢迫出的語言事件。

小說不是陳述故事，而是透過語言讓事件激烈發生的場域。陳雪以尋找母親，描述一起事件成為生命的ground zero原爆點；童偉格描寫自認為沒有故事的平凡送貨員，卻有著扭轉一生的事件；駱以軍以香港尋人之旅，寫出事件如何製造裂痕導致毀滅；顏忠賢描述瑜珈中心裡罹癌化療、一位如溼婆的女子，思索末世福音的矛盾；胡淑雯在兒童樂園遠足中，揭露專屬兒童的恐懼與壓抑；黃崇凱讓民俗信仰飛出外太空，萬善爺可以當駭客、辦電玩比賽或者去KTV熱唱：黃錦樹以一棵大樹下的祖墳的魔幻事件，見證主角的成人。

字母會——F——虛　構

F COMME FICTION

虛構首先來自語言全新創造的時空，
這是文學抽筋換骨、斷死續生的光之幻術。

虛構不是創造不可見之物，而是可見與不可見之間的戰役，使可見的不可見性被認識，這就是書寫最激進之處。駱以軍以臉書上的「神經病」挑戰記憶的可信度，與讀者共同辯證不可置信故事的真實性；黃崇凱虛構臺灣與吐瓦魯合併下的婚姻，為非常寫實的新移民故事；陳雪讓抑鬱症患者以寫小說拼湊身世，從而看見活過的人生不過是其中一種版本；胡淑雯描述年幼期的跳躍，可能來自一次偶然幾近自我虛構的擾動；顏忠賢講述峇里島魚神帶來的祈求與恐懼，來自於祂在人類腦中放入的一種暗示，信仰有自行啟動虛構的能力；黃錦樹以連環夢境重新編輯時空，夢的虛構也是人類經驗的來源；童偉格以老者的眼光，表白人生如倖存者般，要使曾經歷的一切留存為真。

字母會 H偶然

L'abécédaire de la littérature:
H comme Hasard

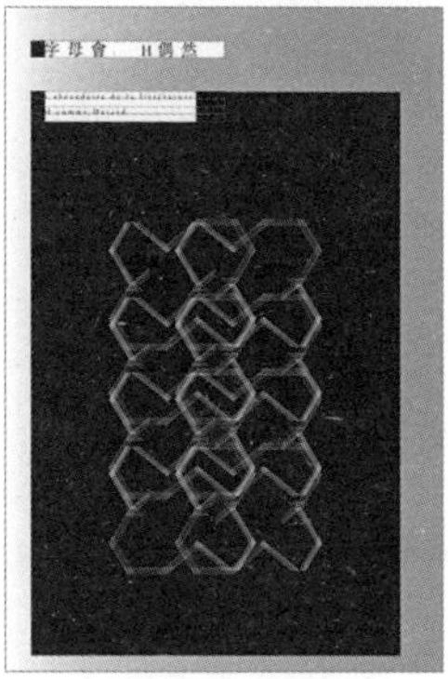

文學因來自域外的力量而存在，在一切典範之外與各種偶然相遇。

偶然經常以暴力留下印記。字母Ｈ拆解諸多偶然埋下的未爆彈，一個人的誕生、形成與消亡都處在這隱然威脅之中。胡淑雯的女性主角追憶一個因ＨＩＶ而過世的朋友，他偶然所遭逢的暴力，使他一生重複以暴行對待自己。陳雪描寫女子被強暴的創痛在漫長時間後，終於不再自我責怪，認知這段經歷只是命運中的偶然。童偉格以父親死訊帶出疏離家庭的兩個偶然事件，母親不告而別及父子三人於安養院團聚，描述家不成家但終究必須是家。顏忠賢描寫與幼時家教日文老師的重逢，得知她未如過去想像中如公主般優雅美好的命運，反而是一生都在反抗命運的偶然。黃崇凱描寫男子的妻子突然變成一棵空氣鳳梨，原來是他老年在意識治療中複習生命史，這份意識卻背叛記憶兀自改寫。駱以軍則以企圖穿越隧道卻隨時可能遭火車撞死的男子，描繪人就是偶然脫離死神之手的美麗存在。

字母會 I無人稱

L'abécédaire de la littérature:
I comme Impersonnel

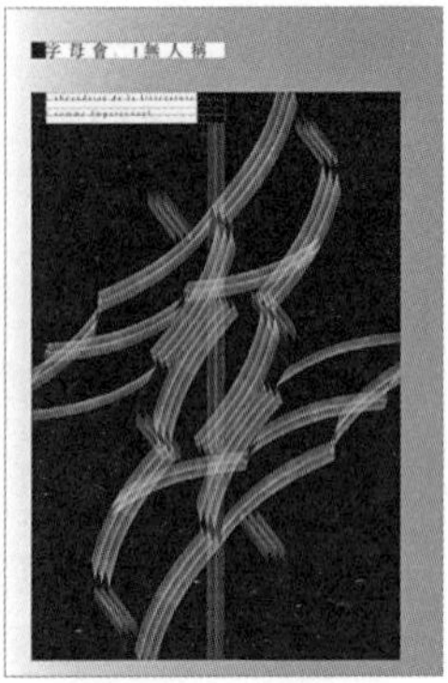

文學是無人稱的，因為它總是在分子的層級發生，在「人」與角色誕生之前便已風起雲湧。

不是你、我、他，亦非你們、我們、他們。字母I渴求對角色、人物的背叛、替代與監禁，藉由無人稱的狀態抵達真正的人。盧郁佳描繪一個失能家庭出身的女孩，拋棄自己的姓名，偷換制服、穿上新的名字，在底層社會依舊茫然生存。陳雪寫一名遭囚禁的女子，日久竟習慣受囚的日子與囚禁者的對待，開始在意識中編造另一個故事版本。童偉格筆下沒有名字的移工為被照護者讀信，並為所讀的信編造故事，在不斷的下一個「我」來臨之前，只剩下故事。駱以軍追尋一份消失的珍貴手稿，因見過手稿的人也一一消失，連帶手稿曾經存在也無人可證。顏忠賢藉由亂轉電視一邊亂聊，展現日常生活各種被激起的無規則思緒。胡淑雯描述主角在大學摯友的葬禮上，發現兩家同為政治受難家庭，但多年後卻記不起摯友的名字。黃崇凱則以臺灣本島東移寓言臺灣人不知所屬的心結與遭架空存在的命運。

字母會 J賭局

L'abécédaire de la littérature:
J comme Jeu

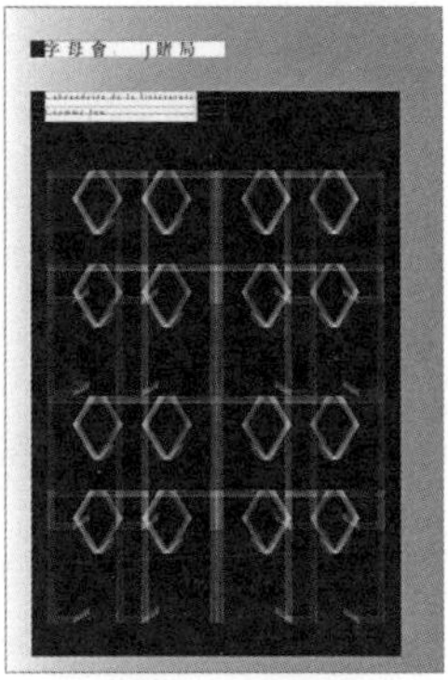

贏家不是不輸的人，而是懂得如何肯定與繁衍偶然，換言之，懂得玩（且真的玩）的人。

文學是賭局製造機。字母J開出一場場文學賭局，講究的不是輸贏，而是玩家的意志。黃崇凱從投資夾娃娃機現象的蓬勃，及夾娃娃機本身以小博大的遊戲規則，描繪臺灣獨有的賭徒性格。陳雪描寫沉迷聊天室約陌生人的女子，追求每次每次相約皆翻出不同可能的刺激感。胡淑雯描寫遭遇公車上性騷擾者犯行，被騷擾者賭上自身，以跟蹤等反侵略施以懲罰。顏忠賢描寫陷入憂鬱症藥物副作用的女子，在舞蹈中將身體交出去，超度自己的命與痛。童偉格透過見證小叔叔自殺之事，描寫人生如賽局理論的囚徒，生死成敗都是人生最佳策略。駱以軍以一名作家少時做出猥褻舉動在多年後面臨的窘況，描繪付出窺見黑暗不可見之處的代價。

字母會 K卡夫卡

L'abécédaire de la littérature:
K comme Kafka

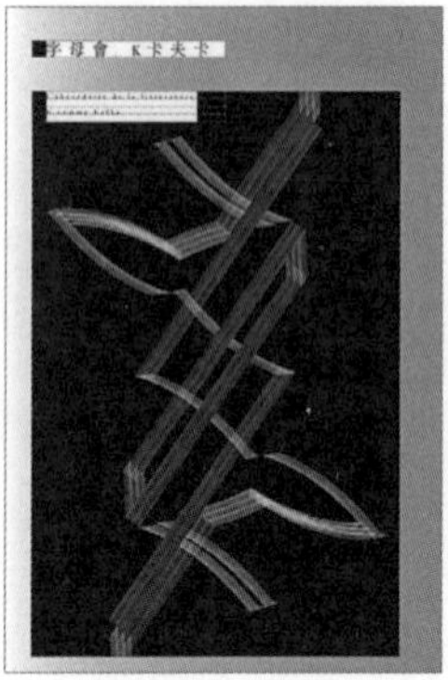

每個字句、情節與故事都被撕扯，並因此成為陌異，文學於是降臨在此不可能的空缺之中。

卡夫卡使人類思考書寫的宿命性，書寫是不可能的，但這同時成為必須書寫的原因，字母K的作品展現這些魔術時刻。駱以軍描述人居住過的住所是記憶的迷宮，以一棟四樓八戶的公寓為舞臺，當中妻子不見了的K，發現妻子已成迷宮的一部分。顏忠賢探討命的荒謬與不可算，主角的姊姊向仙姑拜師算命，對命的貪婪卻只是讓人變成墮入惡夢的怪物。陳雪筆下的作家以寫作治療自己童年的一場惡夢，她變形成鴨子後，要如何再度為人。黃崇凱則以平凡公務員在路上撿到一尾魚開始，描述同志冥婚奇遇。童偉格以獨自看哨的看守員接連精神失常的經過，說明荒謬的不是迷宮，而是對迷宮的忠誠。胡淑雯的連體嬰寓言是人追求獨立必須忍痛砍斷自己的過程。

字母會 L逃逸線

L'abécédaire de la littérature:
L comme Ligne de Fuite

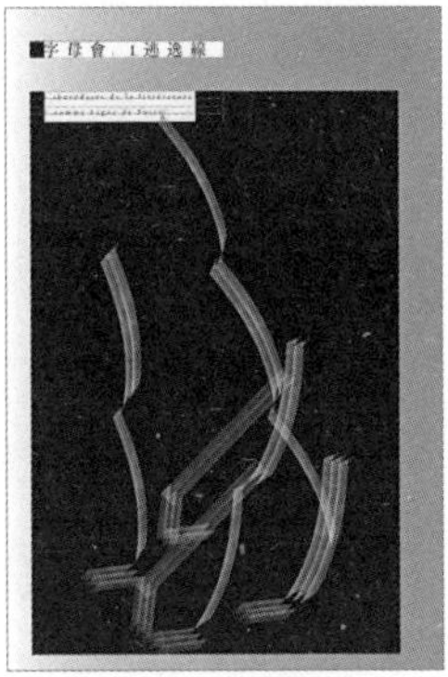

逃逸絲毫不是避世，
而是為了尋獲嶄新的武器。

存在本身即是最大的沉溺，必須逃逸與移動才得以啟動時間，字母L以各種逃逸線畫出人間最奇特的時間地圖。黃崇凱描述一個離婚男子因無聊借閱其他人的人生，參看偽娘者擁有的「正常」家庭生活，質問性別框架與逃逸的可能性。胡淑雯則敘述一個想要變更性別者，必須不被過去追上的逃亡人生。顏忠賢以一個受尿床困擾多年的女性，諷刺童年恐懼之事的結束，卻是人生停滯的開始。陳雪透過一位寫作者同時渴求以形而上的寫作，與形而下的藥物，從疾病中逃離、解脫。駱以軍以同輩作家的葬禮揭開同代人的倖存紀錄。童偉格濃縮村落史詩，隱喻一切歷史皆缺乏起源。

字母會 M死亡

L'abécédaire de la littérature:
M comme Mort

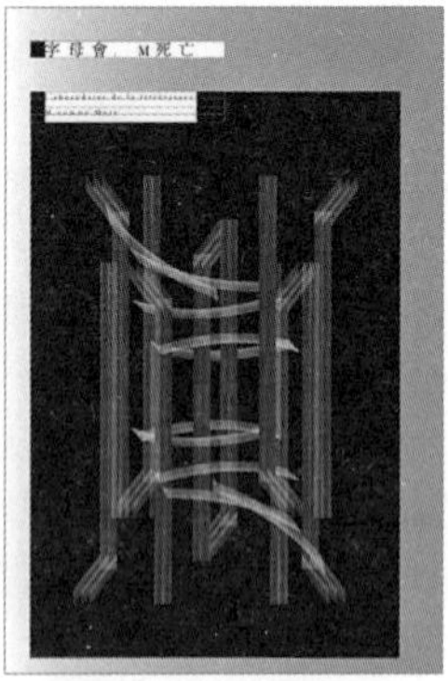

文學則在與虛構與非現實的親緣性上，已是某種「預知死亡記事」。

死亡是終極性的事件，字母M描述必定存在的死亡如何發動一切生存的欲望。胡淑雯描述異卵同胎哥哥在落水死亡後，被死亡重傷的主角因一隻受傷的鳥的生命力，得到生的欲望。陳雪則以母親的服藥身亡，描述死者將占據我們對愛的記憶，甚至不斷附身於活體之人供我們追尋。顏忠賢描繪我們都活在被死亡瞪視的處境，死人變妖怪的不死術，卻使不死比死亡更加恐怖。駱以軍闡述任何書寫都是一本生死簿，文字審判生死也審判真假。童偉格描寫建造擬像包圍家鄉死訊之人，最終面臨可能自己就是迷宮中的怪物彌諾陶洛斯。黃崇凱諷諭文學史是一部與死亡鬥爭的歷史，作家以創作留名抵抗死亡，最後卻是獨留空白的訃聞、遺作等著被變造、換取。

字母LETTER

駱以軍專輯從字母會策畫者楊凱麟以「pastiche」(擬仿)這個詞評論駱以軍開始，駱以軍在字母會的二十六篇小說，證明他是強大的文學變種人，就像孫悟空一樣，可以自行幻化成無數機靈小猴，不只七十二變。德國哲學背景的蔡慶樺則從康德哲學解讀《女兒》，認為絕美的女兒眾神的毀滅，是這個世界正常化的過程，但女兒們還是可以不遭遺棄，得到幸福。我們將在這篇書評深入理解駱以軍的存在論。長達二萬四千字的專訪，駱以軍細談自己的文學啟蒙、如運動員般地自我鍛鍊，以及對文學發展的看法，並提及這三年面臨的生命崩壞。翻譯《西夏旅館》得到英國筆會翻譯獎的辜炳達，則撰文描述他如何從《西夏旅館》讀到了《尤利西斯》，在著迷中一頭栽進翻譯的艱困旅程，他列舉翻譯這本書的五大難題。透過這四個不同角度，期待能全面而完整地透視這位當代重要的華文小說家。

MAN *of* LETTER

n.[c]有著字母的人；有學問者。

LETTER，字母，是語言組成的最小單位；複數時也指文學、學問。透過語言的最小單位，一個人開始認識自己與世界，同時傳達與創造所感所思，所以LETTER也是向世界投遞的信函；《字母LETTER》是一本文學評論雜誌，為喜好文藝的人而存在。

字母LETTER：駱以軍專輯

Vol.1 2017 Sep. 定價150元

陳雪專輯以企畫專題「承認情感匱乏」前導。情感是人的標記，是人與他人關係之源，各種共同體存在可能的基礎，因此不僅是研究者與創作者探究幾千年的重要課題，更是凡人每日所需、所困與追尋一生的命題。蔡慶樺、魏明毅、黃哲斌分別從哲學史、社會心理、網路現象三方角度切入，探討當代社會情感匱乏現象，以深入關照當代人的內在困境，呼應本期「陳雪專輯」。一九九五年因《惡女書》成名而被冠上酷兒作家的陳雪，在二十多年的不斷蛻變中，以著作撐開家庭創傷、愛與性的冒險、同性戀與異性戀的情感追尋與各種被妖魔化的生命。曾經人生如著火入魔的陳雪，二〇一一年與同性伴侶早餐人的婚姻宣告之後，如地獄不空誓不成佛的地藏王，以拉子姿態成為戀愛教主。專輯將以四篇評論與專訪呈現陳雪的追尋之路。字母會策畫者楊凱麟在作家論中以「affect（情感）」為陳雪的關鍵字，評論陳雪是精神與肉身皆升壓的「情感競技」。兩位書評者，王智明以陳雪最新散文集《像我這樣的一個拉子》，評述陳雪如何自白拉子的淬鍊，並從飛蛾撲火的陳雅玲以寫作羽化成蝶，再造自己為小說家陳雪；辜炳達從建築空間與推理文類的發展史，重新定位《摩天大樓》落在世界文學史上的位置。人物評論則由楊美紅撰寫陳雪作品中來自底層的滾動力道。本期專訪則由兩家出版社編輯聯訪陳雪，陳雪將道出如何以文學自我教養，持續書寫所欲捕捉的傷害之內核，及二十多年來寫作的階段性變化，並談及近年寫臉書、散文，以及參與同志運動的想法，陳雪如今已是一個活活潑潑的陳雪。

字母LETTER：陳雪專輯

Vol.2 2017 Dec. 定價250元

字母 09

字母會G系譜學

作　者——楊凱麟、童偉格、黃崇凱、顏忠賢、胡淑雯、駱以軍、陳雪、潘怡帆
總 編 輯——莊瑞琳
責任編輯——吳芳碩
行銷企畫——甘彩蓉
封面設計——何佳興
內頁設計——張瑜卿
排　版——宸遠彩藝

社　長——郭重興
發行人兼出版總監——曾大福
出　版——衛城出版／遠足文化事業股份有限公司
發　行——遠足文化事業股份有限公司
地　址——二三一四一　新北市新店區民權路一〇八－二號九樓
電　話——〇二－二二一八一四一七
傳　真——〇二－八六六七一〇六五
客服專線——〇八〇〇－二二一〇二九
法律顧問——華洋國際專利商標事務所　蘇文生律師
製　版——瑞豐電腦製版印刷股份有限公司
初　版——二〇一八年一月
定　價——二八〇元

國家圖書館出版品預行編目資料

字母會G系譜學 / 楊凱麟等作.
－初版.－新北市：衛城出版：遠足文化發行，2018.01
面；　公分.－(字母；09)
ISBN　978-986-96048-0-2(平裝)
857.61　　　　106025357

ACRO POLIS 衛城

字 母 會
FACEBOOK

填寫本書
線上回函

● 親愛的讀者你好，非常感謝你購買衛城出版品。
我們非常需要你的意見，請於回函中告訴我們你對此書的意見，
我們會針對你的意見加強改進。

若不方便郵寄回函，歡迎傳真或EMAIL給我們。
傳真電話——02-2218-8057
EMAIL——acropolis@bookrep.com.tw

或上網搜尋「衛城出版FACEBOOK」
http://www.facebook.com/acropolispublish

● 讀者資料

你的性別是 □ 男性 □ 女性 □ 其他

你的職業是 ______________ 你的最高學歷是 ______________

年齡 □ 20 歲以下 □ 21-30 歲 □ 31-40 歲 □ 41-50 歲 □ 51-60 歲 □ 61 歲以上

若你願意留下 e-mail，我們將優先寄送 ______________ 衛城出版相關活動訊息與優惠活動

● 購書資料

● 請問你是從哪裡得知本書出版訊息？（可複選）
□ 實體書店 □ 網路書店 □ 報紙 □ 電視 □ 網路 □ 廣播 □ 雜誌 □ 朋友介紹
□ 參加講座活動 □ 其他 ________

● 是在哪裡購買的呢？（單選）
□ 實體連鎖書店 □ 網路書店 □ 獨立書店 □ 傳統書店 □ 團購 □ 其他 ________

● 讓你燃起購買慾的主要原因是？（可複選）
□ 對此類主題感興趣 □ 參加講座後，覺得好像不賴
□ 覺得書籍設計好美，看起來好有質感！ □ 價格優惠吸引我
□ 議題好熱，好像很多人都在看，我也想知道裡面在寫什麼 □ 其實我沒有買書啦！這是送（借）的
□ 其他 ________

● 如果你覺得這本書還不錯，那它的優點是？（可複選）
□ 內容主題具參考價值 □ 文筆流暢 □ 書籍整體設計優美 □ 價格實在 □ 其他 ________

● 如果你覺得這本書讓你好失望，請務必告訴我們它的缺點（可複選）
□ 內容與想像中不符 □ 文筆不流暢 □ 印刷品質差 □ 版面設計影響閱讀 □ 價格偏高 □ 其他 ________

● 大都經由哪些管道得到書籍出版訊息？（可複選）
□ 實體書店 □ 網路書店 □ 報紙 □ 電視 □ 網路 □ 廣播 □ 親友介紹 □ 圖書館 □ 其他 ________

● 習慣購書的地方是？（可複選）
□ 實體連鎖書店 □ 網路書店 □ 獨立書店 □ 傳統書店 □ 學校團購 □ 其他 ________

● 如果你發現書中錯字或是內文有任何需要改進之處，請不吝給我們指教，我們將於再版時更正錯誤

請沿虛線剪下

廣告回信
板橋郵局登記證
板橋廣字第1139號

請直接投郵•郵資由本公司支付

23141
新北市新店區民權路108-2號9樓

衛城出版 收

● 請沿虛線對折裝訂後寄回，謝謝！

ACROPOLIS 衛城出版

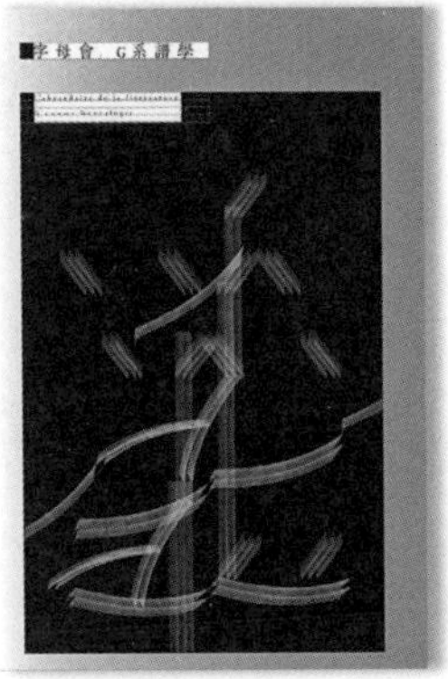